琉球の舞姫

剣客大名 柳生俊平 14

麻倉一矢

時代小説

二見時代小説文庫

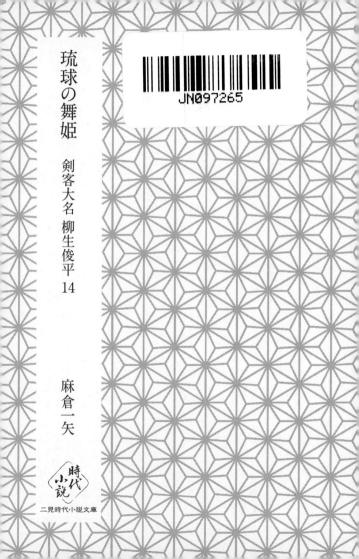

目　次

琉球の舞姫——剣客大名 柳生俊平《としひら》14

琉球の舞姫――剣客大名 柳生俊平14・主な登場人物

柳生俊平《やぎゅうとしひら》……柳生藩第六代藩主。将軍家剣術指南役にして茶花鼓《ちゃかぽん》に通じた風流人。

伊茶《いさ》……浅見道場の鬼小町と綽名された剣の遣い手。想いが叶い俊平の側室となる。

梶本惣右衛門《かじもとそうえもん》…服部半蔵の血を引き、小柄《こづか》打ちを得意とする越後高田藩以来の俊平の用人。

立花貫長《たちばなやすなが》……一万石同盟を結んだ筑後三池《ちくごみいけ》藩一万石藩主。十万石の柳河立花藩は親藩。

一柳頼邦《ひとつやなぎよりくに》……伊代小松《いよこまつ》藩一万石藩主。一万石同盟を結び俊平、貫長と義兄弟となる。

市川団十郎《いちかわだんじゅうろう》…大御所こと二代目市川団十郎。江戸中で人気沸騰の中村座の座頭《ざがしら》。

雪乃《ゆきの》……吉宗の改革により大奥を出て、仲間と町家に暮らし芸事を教える、元お局《つぼね》。

綾野玄蔵《あやのげんぞう》……遠耳《とおみみ》の玄蔵と呼ばれる幕府お庭番。吉宗の命《めい》により俊平を助ける。

さなえ……お庭番十七家の中川弥五郎左衛門配下だった紅一点。玄蔵とともに働く。

森脇慎吾《もりわきしんご》……柳生藩小姓頭。実直な若者であるが巷の賑わいが好きな意外な一面を持つ。

後藤庄三郎《ごとうしょうざぶろう》…日本橋本石町《ほんこくちょう》の金座を仕切る大物。雪乃を囲うこととなるが……。

島津継豊《しまづつぐとよ》……薩摩藩主。西国の雄として幕府に対し一歩も引かぬ姿勢を貫く。

久留島光通《くるしまてるみち》……森藩藩主。村上水軍の一翼を担った海賊の末裔。俊平とは因縁の多い男。

愛梨《あいり》……琉球の王族の血をひく舞姫。薩摩への反骨心を秘めている。

安里昌玄《あざとしょうげん》……薩摩藩の命に従い江戸へ出てきた武闘集団、伏龍党《ふくりゅうとう》の長。

第一章　雪乃《ゆきの》の色打掛《いろうちかけ》

一

将軍吉宗《よしむね》によって、華やかな大奥《おおおく》から追い出されたお局《つぼね》さまのうち、何人かが手を取りあって、江戸市中にお稽古《けいこ》どころを開設してから、早いものでもう六年の歳月が流れている。

そのお局さまのなかでもいちばん歳若い茶と花の師匠雪乃《ゆきの》が、このたびお弟子と結ばれて館《やかた》を去ることになった。

この日は、そのささやかな別れの宴《うたげ》である。

相手は後藤庄三郎《ごとうしょうざぶろう》という人物で、むろんこれは正規の嫁入りではなく、雪乃を囲いたいと申し入れてきたのである。

後藤庄三郎は、日本橋本石町《にほんばしほんこくちょう》の金座《きんざ》をしきる大物で、幕府の小判製造を一手に引き受けることになっている。

「お妾《めかけ》さんというわけなんで、ちょっと恥ずかしいんですが、そんじょそこらのお妾さんとは、わけがちがうんですから」

雪乃はお妾さんという恥じらいを跳ねかえすように、誇らしげにそう言って、後藤家から贈られた華やかな飾り物をみなに披露してみせた。

金の髪飾りや扇《おうぎ》、はては黄金の茶器類まで揃っている。

そのうえ、本所《ほんじょ》の長岡町《ながおかちょう》に瀟洒《しょうしゃ》な妾宅《しょうたく》を用意してもらい、そこに住むことになるというのであった。

それでも初めのうち、雪乃はためらっていたが、

「まあ、行ってもいいかしら……」

と、しだいに心を動かされるようなったという。

相手はさすがの幕府の御金改役《ごきんあらためやく》、それ以前京では代々金の細工物を作っていた伝統ある家柄だけに、雪乃の誇りをくすぐる部分もある。

「まあ、男女の間はかたちではないからの。後藤殿がそなたを好いてくれているのであれば、それでもよいではないか」

ちょっと不満の残る雪乃を、訪ねてきた俊平《としひら》は慰めた。

「まあ、柳生《やぎゅう》さま。内々の祝い事に、わざわざお越しくださりまして、まことにありがたく存じまする」

歳嵩《としかさ》の綾乃《あやの》がそう言って、俊平を稽古場の入り口に迎えて厚く礼を言い、ささ、こちらへと差料《さしりょう》を受けとると、館内に招き入れる。用人《ようにん》の惣右衛門《そうえもん》の差料は、吉野《よしの》が受けとって胸に抱えた。

広間には、すでに手料理が用意できているとの話である。

お局方は、いずれも芸事の達人ばかり。それだけに、大奥ではむろん料理を手がけたことがなく、初めのうちは見よう見まねで、贅沢な大奥の殿中料理を並べて、

――これでは、とても材料費が持ちませぬ。

などとぼやいていたが、歳月を経て市中の生活もだいぶ板についてきたか、江戸庶民の料理の数々をおぼえて、上品に仕上げ、訪ねてくる客を喜ばせている。

「それにしても、今日は格別よき匂いがしておるな」

俊平は、廊下まで広がってくる料理の匂いに相好《そうごう》をくずし、嬉しそうに鼻を蠢《うごめ》かせた。

「はい。今日は格別な宴でございますれば」

綾乃が、うきうきした声で言う。

「いわば、内輪《うちわ》の仮祝言《かりしゅうげん》の練習をしているようなもので」

年甲斐《としがい》もなく、綾乃は茶目っ気たっぷりに上目《うわめ》づかいで俊平を見かえした。

「ほう、仮祝言か。それは盛大なことよの」

俊平が笑って雪乃を見かえすと、雪乃は嬉しそうにうつむいている。

「相手はなにせ、金座の主《あるじ》後藤庄三郎さまでございますから」

綾乃が、また誇らしげに言った。

「金座の主ということは、つまり日本の大判小判はすべて後藤家で手がけているということなのだな。それにしても、由緒《ゆいしょ》正しい名家の若旦那が、雪乃のもとによくぞ足《あし》繁《しげ》く通《かよ》ってくれたものだ」

「はい。自慢ではございませんが、私どものお教えするお作法や歌舞音曲の類《たぐい》は、すべて大奥仕込みなのでございます。そんじょそこらの習い事のお師匠様とはわけがちがいます」

「まあ、それはそうだ」

俊平は納得してうなずき、並んできた吉野を見ると、吉野も嬉しそうに俊平を見かえした。

「江戸城の大奥で身につけた芸というものは、こういってはロはばったい申しようではございますが、いずれも最高峰と言って過言ではありませぬ」

　綾乃が、また誇らしげに力説する。

「ほんとうでございますよ。柳生さま。雪乃さんは、剣術で言えば柳生新陰流《しんかげりゅう》。徳《とく》川《がわ》家大奥のお留《と》め流《りゅう》でございますから」

　吉野が、冗談めいた口調で言葉を添えた。

「上手《うま》いことを申すな。吉野」

　俊平が、つい苦笑いする。

「ところで庄三郎殿は、まことにこの国で唯一小判を鋳造する金座の後藤家のお方であるな」

　俊平は、お局館の弟子たちと、金座の主後藤家の御曹司の姿が頭のなかで重ならない。

「むろん、さようでございますよ。ご本家は京の都にございまして、その昔は、室町《むろまち》幕府から御用を承《うけたまわ》っておられました。今は分家が江戸に出て、こちらは代々後藤庄三郎と名乗り、幕府の貨幣《かへい》鋳造《ちゅうぞう》を請け負っているわけでございます」

「ささ、皆様もお待ちでございます」

綾乃が言う皆様とは、一万石同盟の筑後三池藩主立花貫長《ちくごみいけたちばなやすなが》と伊予小松藩主一柳《いよこまつひとつやなぎ》頼邦《よりくに》である。

「だが、そのような名家の若旦那は、このお局館をどこで知ったのか」

「これで、私たちはけっこうお江戸では顔が広いのでございますよ」

綾乃が、吉野と顔を見あわせて笑う。

「そうであったな。大名の間でも近頃は、菊の間詰めの一万石同盟のことを知る者がおるし、我らがこの館を根城のようにしていることまで知っておる。市川団十郎《いちかわだんじゆうろう》も、よくここに遊びにくるしの。そなたらは、江戸ですでに有名なのかもしれぬな」

「はは、それはちと大袈裟《おおげさ》でござりましょうか……。とまれ、女たちはみな三十路《みそじ》を越えたばかりで、ぴちぴちでございます」

「そうか、ぴちぴちか」

俊平は、頬を緩めて笑った。

「後藤さまも、長らくここに通っておられましたが、このたびは、後藤家をお継ぎになられ、多忙ゆえしばらく習い事はやっておれぬと申されまして、そうなると雪乃と離ればなれになるのが残念と……」

「それで、お妾さまか」

惣右衛門が笑いを抑え、ざっくばらんな調子で吉野に言った。

「まあ……」

ちょっと誇りを傷つけられたか、雪乃がキッと惣右衛門を見かえし、おし黙った。

「いやいや、お妾さんとて立派な女房役だぞ。武士の世界では、正室、側室はあたりまえだ。お妾はいわば側室、それよりも、いかに大切にしてもらえるかであろう。その何代目かの後藤庄三郎殿と、雪乃の仲はどうなのだ。睦《むつ》まじいのか」

「それは、もう」

綾乃と吉野は、顔を見あわせてうなずきあった。

「ささ、こちらでございます」

綾乃は、さらに奥の間へと二人を誘う。

「本日は、後藤庄三郎さまが仮祝言のために、贈り物を届けてくださっております」

廊下に面した部屋の障子を開けて、綾乃が言う。

「贈り物か、はて何であろう?」

「いろいろございます。でもいちばんの物は色打掛《いろうちかけ》でございますよ」

綾乃に代わって、雪乃が誇らしげに言った。

「金糸をたっぷり入れた、それはもう色鮮やかなものです」

「だが、仮祝言では、白無垢《しろむく》を着けるのではないのか」

惣右衛門が、怪訝《けげん》そうに雪乃に訊《たず》ねた。

「むろん白無垢もございますが、お披露目用には、鮮やかな布地の色打掛を用意する方もおられます」

吉野が説明した。

「全体が豪華な金色で、布地にはめでたい鶴《つる》が多数描かれております。女たちはもう、大はしゃぎ。さきほどから、見事な打掛の裏地に触れ話題が尽きませぬ」

「それは、さぞや見事なものなのであろう。ぜひ、私も見たいものだ」

「ご覧くださりませ。これから雪乃が、装ってみまする」


綾乃が奥の居間に俊平らを通すと部屋にはすでに立花貫長と一柳頼邦が、壁際に用人を座らせて酒膳の前に大胡座《おおあぐら》をかいていた。

もうだいぶ酒が入っているのだろう。両人とも、紅《あか》ら顔ですこぶる機嫌がよい。

「柳生殿、まいられたな」

立花貫長の、野太い声が部屋に轟《とどろ》いた。

倍ほども骨格のちがう貫長の隣に行儀よく座している一柳頼邦は、今日はどこか若ぶりで愛嬌《あいきょう》さえうかがえる。俊平にとっては、側室である伊茶《いさ》の兄であり、義兄に当たる人物である。

「本日は、たっぷり目の保養をさせてもらっておるぞ」

貫長が、手にした箸《はし》を置き、あらためて俊平に言った。

なんと、箸が金色に輝いている。

「おい、なんだ、それは……」

俊平が、驚いて貫長の手元に目を凝らした。

「見てのとおり、黄金の箸だよ」

「そのようなものが、この世に存在しておるのか」

「なに、さほど重くはないので、純金ではなかろう。だが、まこと金色に輝いておる。これで食う鯛《たい》の刺身は、なんとも格別な味だ」

貫長がそう言えば一柳頼邦も大きくうなずき、

「黄金が鯛に乗り移ったかのようだ。わが領地の海でも、これほど見事な鯛は、まず獲《と》れまい」

と、唸《うな》りをあげる。

「鯛といえば、瀬戸内《せとうち》であろう。他にどこで獲れる。まことにとぼけたことを申す」

俊平が、呆《あき》れたものよと惣右衛門と顔を見あわせた。

「まあ、俊平殿には同じ鯛としか思えぬだろうが、食うてみればわかる」

頼邦は、金の箸にすっかり気が呑まれている。

俊平は、苦笑いして頼邦の向かいに腰を下ろした。

「柳生さま、まことにようお越しになられました」

綾乃が、あらためて俊平に丁重《ていちょう》に三つ指をついて挨拶をした。

「邪魔《じゃま》をする。して、雪乃はいったいどこに消えてしもうたのか」

俊平は、きょろきょろと部屋を見まわした。

「頼邦さまがぜひにも色打掛をご覧になりたいと申されますので、隣室で着付けを始めたところでございます」

「もうじき、うかがいます」

隣室から、雪乃の明るい声が聞こえてくる。

俊平は、吉野の勧める猪口《ちょこ》を見ておどろいた。これも黄金である。それだけではない。伏見《ふしみ》の下《くだ》り酒をさらりと咽《のど》に流し込み、ふと頼邦の手元を見れば、手にする碗《わん》も黄金である。

「おいおい、これはいったいどうしたのだ。まるで太閤秀吉《たいこうひでよし》の宴もかくやと思える豪華さだの」

「はて。わしも馳走《ちそう》にあずかるだけで、事情はさっぱりわからぬのだが……」

頼邦が、しきりに首を捻《ひね》りながら言った。

「じつはこれらの品々は、後藤さまが先日手土産《てみやげ》に持参されたもので、箸も碗も黄金で作られたものだそうでございますよ」

綾乃が、三人を見まわして言った。

「されば、小判をつくる金座の工房では、このようなものまで作っておったのか」

「そのようでございます。おそらく小判を削《けず》り出した残りの金を掻き集め、作ったものと思われますが、いずれもまことに見事なものばかりでございます」

「そも、京の後藤家では代々このような物も作っておったのであろう。それにしても、このように見事な工芸品に触れて暮らせるようになったのだ。みな幸せじゃの」

俊平は、女たちの運んできた膳に乗る黄金の碗を手に取り、あらためて眺めてみた。

いずれも見事に精巧《せいこう》なつくりで、このような碗に盛ると、料理の味までどこか極上のように思えてくるから不思議である。

「これ、俊平どの。よく見られよ。黄金が乗り移ったように鯛の刺身が輝いておるぞ」

貫長が冗談を飛ばせば、

「うむ。今にも、魚どもが生きかえってくるかもしれぬ」

頼邦も冗談を飛ばす。

「まあ、面白いことを」

吉野が、戯《たわむ》れて俊平の袖《そで》にからみついた。

「小判作りだけでなく、後藤家は、なかなか奥の深い技を持っておるようだな」

「そのようでございます。雪乃さんも、そのような工芸の達人一族に気に入られたようで、お幸せでございます。羨《うらや》ましうございます」

吉野が、しみじみとした口ぶりでそう言い、じっと俊平を見つめた。

吉野は、時折俊平の側室になりたいと冗談半分に言っているが、俊平は応じるはずもない。むろん吉野が嫌いなわけではないが、伊茶の他に側室を持つ気などなく、また、自分にはその器量もないと決めてかかっている。

と、隣室を隔てる襖がからりと開いて、雪乃が姿を現した。袖を上げ、かたちをきめている。まるで、女人歌舞伎《にょにんかぶき》のような仕種《しぐさ》である。

男たちの間から、どよめきが起こった。

「なんとも見事なものじゃの」

「雪乃さんも、大奥ではたびたび打掛を着ることがございましたから、さすがに着慣れておられ、さまになっておられます」

吉野も、うっとりとした声で言う。

「でも、これほど金糸をふんだんに使った鮮やかな打掛は、私も見たことがありません」

雪乃が、はしゃいだ声で言った。

「それにしても、見ちがえたぞ、雪乃。そなたのように美しい花嫁は、これまで私は見たことがない。三国一《さんごくいち》。いや、天下随一だ」

俊平も、思わず声をあげ手をたたいた。

「まあそれでは、伊茶さまと、どちらが美しうございます？」

吉野が、俊平の顔をのぞき込んだ。

「伊茶はまあ、格別だよ。私にとっては、美しい、美しうない、という判断からは外れておる」

「どう、外れておられるのです」

「美醜《びしゅう》の領域を越えておるということだ」

「それはそうだ。伊茶殿は格別だ」

口をもごつかせて言う俊平に、貫長が助け船を出した。

「まあ、そういうことでございますな」

吉野が、残念そうに言った。

「なに、妹は田舎《いなか》では美人だが、江戸では十人並みだ。さして美しうはない」

頼邦が、謙遜《けんそん》して妹を評せば、

「まあ、そのようなことを申されては、伊茶さまがおかわいそう」

今度は、吉野が伊茶に同情して言った。

「柳生さま、それほど美しいとおっしゃってくださるのなら、私を側室にしてくださりませんか、庄三郎さまと取り替えたく存じます」

雪乃が、ちゃっかりとした口調で言う。

「それは、ちとな……」

俊平が口をもごつかせると、

「雪乃さん、柳生さまを困らせるものではありませぬ」

綾乃が、雪乃を叱《しか》った。

「冗談でございます」

雪乃が言って、舌を出した。

「雪乃は若いの。それはそうと、後藤殿とは、その後頻繁《ひんぱん》に会っておるのか」

貫長が、雪乃の顔をうかがった。

「それが……、このところお忙しいと申されて、なかなかお会いする機会がございません」

雪乃が、残念そうに言った。

「あれほど、足しげく稽古に通《かよ》っておられたのにねえ」

熱燗《あつかん》をつけてきた綾乃が、いかにも残念そうに言う。

「後藤家を継いでから、すぐその後で幕府の命《めい》により、大きな貨幣の改鋳《かいちゅう》があり、なかなか後藤様は、手が離せないのでございましょう」

雪乃が、後藤庄三郎から聞いたままを伝えた。

「そう言えば、あの貨幣の改鋳は元禄《げんろく》以来の大改鋳であったな」

立花貫長が、そう言って俊平を見かえした。俊平は、将軍吉宗に近い。吉宗から何か聞いているのかと思ったらしい。

たしかに、こたびの大改鋳は二十年ほど前の享保《きょうほう》三年（一七一八）の新金銀通用令以来のものである。

将軍吉宗は、その時、貨幣の価値を正すため、正徳《しょうとく》金銀と同じ質の貨幣に統一した。この通貨の改鋳のおかげで小判の価値は上がったが、貨幣が不足し財政が逼迫《ひっぱく》して、不況が到来したため、吉宗はこれに懲《こ》り、やむなく一転して貨幣の量を増やす策に出たのであった。

だが、そのおかげで今度は諸物価が高騰し、米の価値は上がったが、武士は潤《うるお》うことはなかった。

「後藤殿は、さぞや忙しかろうな」

俊平が雪乃に訊ねた。

「それは、まあ、そうなのでございますが」

雪乃によれば、庄三郎ともう半月も会っていないという。

「そうか。仲良くやっていけそうかな」

今度は、一柳頼邦が心配して雪乃に訊ねた。

「まあ、大丈夫とは思います……」

雪乃が、曖昧《あいまい》に応えてうつむいた。

「どうした、雪乃。また迷いはじめたのか」

「いいえ。そのような……」

「みなが、そなたを応援しておるぞ。なんでも言うてみよ」

立花貫長が、胡座を組み直し、雪乃の顔をあらためてうかがった。

「それより庄三郎さまは、本家を継いでからこの方、どこかこれまでとはちがったお方になってしまわれたようなのでございます」

「はて、これまでとはちがった人物か……」

貫長が、俊平と顔を見あわせた。

「つまり、人が変わってしまったというのか……」

俊平が、さらに雪乃に訊ねた。

「お忙しいからとは存じますが、なんだか、ちょっと冷たいお方になられたようで……」

「なにやら、心がひとつわからぬようになったというわけじゃの」

頼邦が、雪乃を心配してにじり寄り、その顔をのぞき込んだ。

「そういうことでございます」

「そなたら、子供のようにじゃれておったというからの。だが、庄三郎殿も金座の主《あるじ》。ある意味、無理もあるまい。なにせ、幕府の御用で、小判の改鋳を一手に引き受けておるのだ。後藤庄三郎は大人《おとな》になり、家を継いだのじゃ」

「それは、まあそうなのですが……」

「されば、いま少し聞かせてくれ。人がちがうとは、どのようなふうだというのだ」

俊平が訊ねた。

「何かこう、私に心をお見せにならぬようになったのです」

「しかし、それはちと問題だな」

俊平が呻《うめ》くように言った。

「私から茶と花を熱心に学ばれておられた頃は、いつもやさしいお方でいらっしゃいました。でも」

「人は、あまり忙しうなりすぎると、心に潤いが無くなるという」

一柳頼邦が言う。

「だが、住まう町家も用意してくれておるのだろう。一緒に住めば、また親しみも増してこよう」

立花貫長が、慰めるように言うと、

「正直、私はお妾さんで、あちらさまにはれっきとした奥様もいらっしゃるのだから、仕方ないことではございます。でも……、それでも、あまり心が通じないようでは寂《さび》しくて、とても一人でじっと待つ生活は耐えられそうもありません」

「おいおい。今からそれでは、先が思いやられるな」

貫長が、俊平を見かえして言った。

「そなた、後藤庄三郎が、もはや好きではなくなったか」

「まあ。もともと、好き嫌いというか……、私を好いてくれるのなら、よい生活もできるし、それでいいと思っていました。それ以上の贅沢は、言ってはいられぬと」

「いや、だがたとえ、なに不自由のない暮らしとなろうとも、心の通わぬ相手と過ごすのは辛かろう」

一柳頼邦も、無遠慮な口調で言う。

「まあ、後藤殿もまだ若い。本家を引き継ぎ、幕府の大役を引き受けて腐心しておるところであろう。冷たいとしても、しばらくの間はやさしく見守ってやるよりあるまいな」

俊平が言えば、吉野もそうだとうなずく。

「雪乃さん。あまり深刻に考えすぎるのもよくないかもしれません。仕事がひと段落すれば、きっとまたあなたにもどってきますよ」

吉野がそう言えば、雪乃も頼りなげに微笑《ほほえ》んだ。

「ああ、そうでした。あの簪《かんざし》、いかがでした」

雪乃が、思い出したように吉野に訊ねた。雪乃ばかりでなく、お局さま方にも、後藤家から金細工の贈り物があったらしい。

「金の櫛《くし》でしょう。それに簪、それは見事なものでございました」

綾乃が、嬉しそうに三人の男客に話を披露した。

「ほう。それは、ぜひ見てみたいものだな」

貫長が、身を乗り出すようにして綾乃に頼んだ。

「これで、ございます」

綾乃が、高島田《たかしまだ》に結った髪から外して見せたのは、黄金の髪飾りであった。金唐草《きんからくさ》の模様が彫られている。

「ほう、これはなんとも見事なものだの」

貫長がそれを取って、見入っている。それを、俊平と頼邦が横からのぞき込んだ。

「このような緻密《ちみつ》な細工ものは、これまで私も見たことがないぞ」

俊平が唸るように言うと、みな、うなずきあい、部屋がしんと静まりかえった。

「こちらは、私がいただいたものでございます」

吉野も、髪から外して、みなに見せた。

つまみ簪のぶら下がりで、こちらに、赤い梅模様が施されてあり、どこから見ても艶《あで》やかな一品である。

「これは、歩くたびに美しく揺れようよ。若々しさと華やかさがある」

一柳頼邦が感心して言う。

「うむ。一房一房がていねいに作り上げられておる。このような技まで金座の後藤家は持っていたのか」

頼邦が、茫然《ぼうぜん》とした口調で言った。

「まだまだ、ございますよ」

思い出したように、雪乃が言った。雪乃が次に見せてくれたのは、房指輪というもので、七房の黄金の飾り指輪であった。

「なんでも、輪にはそれぞれ意味があり、扇、桃、花、石榴《ざくろ》、蝶《ちょう》、魚、薬の七つを現しているとのことでございます。親が嫁に行く娘に贈るものだそうで、来世まで護《まも》られ、幸せでありますようにとの思いを込めているそうでございます」

「それなら、雪乃、今のそなたに、まことにふさわしいの」

俊平が、七連の輪を手に取ってみた。

「しかし、これほどの細工を、後藤家だけで作ったのか」

一柳頼邦が訊ねた。

「いえ。なんでも、他国から呼び寄せた金細工職人が特別に作ったものだそうにございます」

「ほう、なるほどな。沢山《たくさん》の小判を作ってきた後藤家も、さすがにこれほど精巧な金細工は、なかなか作ることはできぬというわけだな」

俊平も納得してうなずくと、

「はい。そう、庄三郎さまは申しておられました」

雪乃が同意した。

「しかし、他国と申してもの。いずこの工芸品であろうか。これだけの作品、おいそれと作れるものではない」

「よほど、雅《みや》びな伝統がなければ作れませぬ」

横から用人の惣右衛門も、のぞき込むようにして言う。

「はて、前田《まえだ》家の金沢《かなざわ》あたりか。それとも堺《さかい》か、あるいは博多《はかた》か」

俊平も首を傾《かし》げたところで、

「さて、どこでございましょう」

吉野もしきりに首を捻った。

「それでは、今宵は、雪乃さんの門出《かどで》を祝って、新しく振り付けた舞を披露させていただくことにいたします」

綾乃が一同を見まわして言う。

「なに、お局方が舞をまうというか。今日は、目の保養となることがつづくな」

立花貫長が、嬉しそうに綾乃と目を見あわせた。

「まこと、雪乃には幸せになってほしいものよ。そなたら、みなで力を合わせて、ここまで頑張《がんば》ってきたのだ。これからは、みなもよい嫁の口を探すとよいぞ」

貫長が言えば、頼邦も納得してうなずく。

「いいのです。私たちは、このままでも」

綾乃が、うつむき首を振った。

「婚礼も、お妾も、正直のところ、今さらのように思えまする。もちろん、恋はしとうございますが、この歳になれば、気楽なのがいちばん」

綾乃は、ちらりと雪乃を見て言った。雪乃は、じっと綾乃を見かえしている。

「このような気楽な暮らしは、なかなかやめられぬか」

俊平が笑って訊ねた。

「はい。殿方に気をつかう必要もなく、お弟子さんからは大切にされ、美味《おい》しいものが口に入り、美しい着物もあつらえられます」

女たちがみな、うなずく。

「ほんに綾乃さまの言うとおり。まことに好いた殿方が現れたなら、まあ、話は別でございますが……」

吉野が、ちらりと俊平を見て言う。

「ほう、吉野。そのような殿方は現れそうか」

一柳頼邦が、からかうように言った。

「はい、現れてはおりますが、先方さまが、いっこうに振り向いてくださりません。私も、このまま独り身のお師匠さまをつづけていくのではないかと思うております」

皮肉たっぷりに吉野が言って、身を起こし、俊平をじっと見つめた。

「うむ、それもよい。吉野、これからもこの館で愉《たの》しく過ごそうな」

俊平が、腕にからまる吉野に言えば、

「まあ、憎らしい」

吉野が、ベソをかいて俊平の脇腹をつねった。

二

「それは華やかな宴で、なによりであったの。余もその場にいたかったものじゃ」

八代将軍徳川吉宗が、冗談をまじえてうらやましげにそう言ったが、俊平はそうは受けとっていなかった。

吉宗は、どうやらそのことにあまり関心はないらしい。そもそも、黄金ずくめの豪華な宴など、なにごとにも質素倹約《しっそけんやく》が第一の吉宗が、関心を持とうはずもないからである。

事実、吉宗は日頃から、いっさい金銀などの贅沢な装飾品を身に着けたこともなく、天下の将軍でありながら、綿服《めんぷく》、藁草履《わらぞうり》で過ごしている。

俊平自身、

――お話ししても、あまり興味は持たれまい。

と思いながらも、ふと口にした話題であったのだが、やはりそうであった。つまらぬことを話したと後悔し、将棋盤に向かって黙々と駒を並べはじめたのであるから、吉宗の気持ちは予想どおりと言えた。

だが、吉宗は俊平に気をつかったか、俊平のその表情をのぞき込んだ。

「俊平、すまぬことをしたな」

と、俊平を見かえした。

「はて、なんでござりましょうか」

「せっかくそなたが、お局方の生活ぶりを愉しく語ってくれたというのに、余が興味を示さぬので、拍子《ひょうし》抜けしたであろう。だがじつのところ、そう面白うないというわけでもないのだ」

「はて、まことでござりまするか」

俊平は、笑いながら吉宗をうかがった。

「じつは、質実剛健もいささか草臥《くたび》れての……」

吉宗は、端麗《たんれい》な鶴の絵を描いた襖の前に座す小姓《こしょう》にちらと目くばせすると、急に身を乗り出し、

「茶がほしい」

と、小姓に命じるのであった。

「はて、草臥れたと申されますと？」

「いやな」

吉宗は前かがみになって身を乗り出すと、

「質実剛健も、倹約も、政策のうえでのことであってな。むろん、表の顔はそれで通すが、余とて人の子じゃ。贅沢をしたい時もある」

と、こっそり打ち明けた。

「さようでございますか。たまには、華やかなことにも触れてみたい、これは意外でございまする」

「いやいや。たしかにそういう時もあるのじゃ」

「それなら、さしたる影響などござりますまい。そうした素振りもお見せになればよろしいもの。小姓に聞かれたところで、貴方様は天下の将軍」

「はは。そうかもしれぬ。倹約政策は余の表看板じゃからの。だが、その話はたしかに面白かったぞ。ただ、今日は、ちと頭が痛い」

吉宗はそう言って、額に手を当てた。

「はて、それはいけませぬな」

将棋の駒を置き、吉宗の顔をあらためてうかがえば、吉宗は心なしか血の気が引いて青ざめた顔をしている。

「将軍というもの、これで結構頭を痛める仕事での。いくら頭を使っても、解決せぬ問題があまたある。それゆえ頭がきしむのじゃ」

「まことに、大変でござりまする。されば、どのようなことで頭を悩ませておられまするか。それがしもその悩み、知りとうございます」

「よいのか。そちの顔も歪《ゆが》んでくるぞ」

吉宗は、小じわをつくって笑ってから、

「なに、話してもせんないこと。余の立場ゆえの悩みじゃ」

「むろんそれがし、剣術以外に能のない男ゆえ、上様のお悩みにお答えできるとも思いはいたしませぬが、お話しなされば、幾《いく》ばくか気も晴れましょう」

「うむ。じゃが余の悩みは、老中や勘定奉行が寄り集まってたびたび審議したところで答えは出せぬものばかりであった」

「されば、財政のこととお見受けいたします」

「当節、それ以外に大きな悩みなどあろうはずもない。武士の生活はかつかつじゃ。諸物価は上がり、米の値も上がったものの……」

「まことに当節、武士の暮らしは日に日に厳しさを増しております」

「享保のみぎり、小判の価値を上げるため、純度を高める触れを出した」

「憶えております。あれは享保三年の改革でございましたな」

「それで、貨幣の価値も上がったが、景気はいちだんと悪くなった。それゆえ、こたびは思い切って政策を切り換え、小判の金の含有量を大幅に減らした」

「伝え聞くところでは、慶長《けいちょう》の頃の小判の金含有量を百とすれば、こたびの小判は半分ほどになったとか」

「うむ。そうせざるを得なくなった。金がすっかり採《と》れなくなった。佐渡《さど》からも甲《こう》州《しゅう》からももはや金は採れぬようになった。じゃが、太平の世、人はますます増えておる。小判が足りねば、景気は回らぬからの」

「慶長の頃に比べ、我が国に住む民の数は、倍以上に膨《ふく》らんでおると聞きおよびます。その者らの使う小判は、もはや同じ金の含有というわけにはいかぬということでございまするな」

「そういうことじゃ。それゆえ、こたびの小判はいちだんと希薄《きはく》になった。その輝きを見れば、見る影もない。金色の美しさなどどこにもなく、ただ薄い山吹色《やまぶきいろ》の、くすんだ色じゃ」

「いたしかたございませぬな」

「じゃが、それが誰の目にもわかるゆえ、みな旧《ふる》い小判を溜め、押し入れの奥にしまい込んでおると申す」

吉宗は、自嘲《じちょう》気味にそう言って、沈んだ表情で将棋盤の盤面に顔を向けた。

「それは、困りましたな。されば私は今後、積極的に新しい小判を遣うことにいたしまする」

「うむ。頼むぞ、俊平」

吉宗は嬉しそうに笑って、駒をすすめていく。

どこまでが本気ともわからぬ冗談口調で互いに語りあううちに、将棋盤の局面は、俊平有利で中盤を迎えてしまっている。

局面は着々とすすみ、そのまま吉宗を追い詰めてよいものかと、俊平は迷ったが、その性分から勝負に妥協はできぬと決めているので、思いきって駒台の金を盤面中央にぴしゃりと据えた。

「これは。そのような手があったのか」

吉宗は、困り果てて俊平を見かえした。

「されば、一度だけ待ったをなされてもよろしうございます」

俊平は、笑って吉宗を見かえした。

「いや、余はそのようなことはせぬ」

吉宗は、口をへの字に曲げて強がると、ふとまた憂《うれ》い顔にもどり、

「ところで、さきほどのそちの話じゃ」

「はい」

「話にあった金の飾り物じゃが」

と吉宗は唐突《とうとつ》に話を切り出した。

「じつは余のところにも、同じ物が贈られておるのじゃ」

「はて、上様のところにも？」

「うむ」

吉宗は、聞いてくれとばかりに盤面から顔を起こし、額を俊平に近づけた。

「それは意外にござりまする」

「むろん、余が女物の髪飾りなど使うはずもない。大奥の女にあげてくれとでもいうことであろうが、余はすでに大奥の女はあらかた追い出してしもうた」

「はは、さようでございましたな」

吉宗が苦笑いして俊平を見かえした。

「じゃからの。その髪飾り、使い道がない。そちにくれてやるゆえ、伊茶にやってくれぬか」

「はて、ありがたきことにはござりますが」

「おお、忘れるところであった。献上品と申してな。このような物まで持ってよこした」

吉宗が近くの小姓に合図を送ると、小姓はすぐに立ち上がり、小箱に入った物を重そうに抱え、もどって来た。

吉宗の取り出した物は、黄金の瓢簞《ひょうたん》であった。

「余は太閤殿下の趣味はない。これも持ち帰ってくれ」

吉宗が苦笑いして言った。

「まことに、よろしいのでございますか」

「よい。私はそのような物で酒を飲んでも旨うない。それにその髪飾りは、伊茶には、よう似合おう」

「それは、伊茶も喜びましょうが……、その贈り物、いずれの藩からのものでござりましょう」

「薩摩《さつま》の島津継豊《しまづつぐとよ》からのものじゃ」

「はて、なにゆえ島津殿から？」

俊平は、いぶかしげに吉宗の顔をうかがった。

「琉球《りゅうきゅう》より、金細工師を招いたそうなのじゃ。何かの折に、小判改鋳を急いでいると告げたところ、気を利かせて金座の後藤庄三郎に預けたとのことじゃ」

吉宗は、話をもどし、貨幣政策の悩みを語りはじめた。

「なるほど、それならば、合点がいきまする」

俊平は同じ贈り物が、後藤庄三郎の手から雪乃に廻ってきたわけを納得した。

「それにしても、貨幣政策というもの、まことに難しいものじゃ」

吉宗は、また深い吐息《といき》を漏らした。

「米の先物《さきもの》相場では、堂島《どうじま》の大商人どもにいつもきりきり舞いさせられておるが、貨幣の政策でも同様じゃ。金の純度を上げれば、景気は冷え込む。金の含有量を減らして数を増やせば、今度は小判の値打ちが下がったと非難される。いったいどうすればよいのじゃ」

「はて、老中の松平乗邑《まつだいらのりさと》殿は、なんと申されておられます」

「やむをえぬことと申しておる。今は景気をもどすことが急務とな。旧貨の改鋳を急がせねば、市中で混乱が起ころうとな」

吉宗は、言ってまた呻くように深く吐息を漏らした。

「だが、金座では旧貨を日々改鋳し、新貨につくり直しておるそうじゃが、なかなか作業がすすまぬと申しておる。諸国には、まだどれほどの旧貨が眠っておるのか。想像できぬ」

「大変な作業でございまする」

俊平は、あらためて吉宗の悩みに思いを巡らせ、小姓の淹《い》れてきた茶に手を伸ばした。

「それで、さきほどの金装飾の話じゃがの」

「はい」

「たしかに琉球の金細工は優秀と聞いている。そも琉球には金工の優れた伝統がある。薩摩はしたたかゆえ、なにゆえ琉球の職人を呼び寄せたか、いまひとつわからぬところもあるが、勘定奉行らの話では金座はとにかく今、猫の手も借りたいほどの忙しさにて、たしかにおおいに助かっておると申しておった」

「その琉球の金職人が作り出したものでござりましょうが、そうした金細工の品が今、江戸市中に出まわりはじめておるそうでござります」

「そのようじゃ。本邦には、それだけの金工細工の技術はないものらしい」

「小判が金細工に変わるのはいかがなものでございましょうな」

俊平はそこまで言って、気になることを思い出し、口をつぐんだ。

「申してみよ」

「されば……金が不足するというのに、細工物に金を加工してよいものでございましょうか」

「うむ」

吉宗は小さく笑って、

「調べによれば、こたびの小判改鋳により莫大な改鋳利益が生じるという。それに比べれば、まあ、大した量ではないであろう。余は大目に見ておる。そうじゃ、このようなものもあった」

吉宗はさらに小姓に命じ、新たに金細工のひとつを持って来させた。

「これは、七房と申すものだそうじゃ」

それは、七つの飾り物のついた指輪で、それぞれの飾りには意味があると吉宗は言った。

それは、俊平がお局館でも見たのと同じものである。

石榴《ざくろ》は子孫の繁栄、桃は不老不死、魚は豊富な食物、花は生活の彩《いろど》り、蝶は天国の使者、薬は豊かな着物、扉は末広がりの意を込めているという。

「話をもどすが、俊平、その職人ら、本邦の文化に合わせて、茶器や碗、箸までつくりはじめ、江戸では富裕層に大変な人気であるそうな」

「そのようでございます」

「いずれも小判を改鋳する間の余技だそうじゃが、ほどほどにせよと申さねばな。余は、太閤秀吉とはちがう。金細工も金の茶器も必要ではない」

「まことに、そのようなことより早く改鋳をすすめてもらわねばなりませぬ」

俊平は苦笑いして、また盤面に目を移した。

さきほど打った金の駒が効いて、形勢はさらに俊平に有利に傾きはじめている。

「今日は、ちと将棋に身が入らぬな」

吉宗は、盤面を眺め、不機嫌そうに言って、俊平を見かえした。

「上様は本日、いささかお疲れのようでございます」

「まことに金は魔性の物じゃ。余を狂わせておるわ」

重く吐息すると、吉宗は持っていた駒を駒台にもどした。

「俊平、そちに金の茶碗や箸もくれてやる。さきほども言ったが、この瓢箪もの。持って帰ってはくれぬか」

「しかし、私とて金の瓢箪や碗、箸など欲しくはござりませぬぞ」

「嫌なら、処分してもよい。藩の遣《や》り繰《く》りに多少役立とう」

「ありがたきこと、まことに処分してもよろしうございますか」

「かまわぬ」

吉宗はきっぱりと断言した。

「それにしても、金というもの、ありがたきもの」

「金は扱いやすい金属というぞ。鑢《やすり》も掛けやすい。絵付けや、切断、鋳造、研磨《けんま》あたりまではなんとかなるが、彫金《ちょうきん》となると、なかなかに難しいらしい」

「琉球王国には、その彫金の技術があるのでござりますな」

「そうらしい。王府の命《めい》を受け、その者ら、鉄以外のすべての金物細工を作っているというが、ことに金細工に見るものが多いらしい。とまれ、荷にはなろうが金は金にもなる。取っておいてくれ」

吉宗はそう言って笑うと、小姓頭に目をやった。

数人の少年が立ち上がり、揃って奥に去っていく。

「さて、続けるか」

吉宗は、姿勢を整えると将棋盤に目をもどし、

「なにやら、金が余の進路を邪魔しておる。その金を、破ってくれるぞ」

身を乗り出し、意気込んでみせた。

「ところで後藤庄三郎じゃが……」

しばしの沈黙の後、吉宗はまた真顔となって、俊平を見かえした。

「なんでござりましょう」

「あ奴は、まだ若い。先代の跡を継いで、まだ一年とは経っておらぬ」

「さようでございまするな。かつては町の遊び人だったそうで、お局館の雪乃なる師

匠に入れ揚げ、こたびは仮祝言をあげる運びとなっております」

「そうか。まあ、それはけっこうなことじゃが……」

吉宗は苦笑いして、

「若いだけに、乱暴なこともしでかすのではないかと、ちと心配じゃ」

「乱暴なこと？」

「うむ。なかなか改鋳がすすんでおらぬのも若さゆえかと思う。小判の鍛造《たんぞう》は、この国の貨幣の成り立ちの基本。後藤に託した金座が一手に請け負っているだけに、後藤が頼りのうては困る」

「そのこと、それがしも重く受け止めざるをえませぬ」

俊平も、雪乃から後藤庄三郎の人物像を漏れ聞き、そうした不安が心を過《よぎ》っていたのであった。

「どうじゃ。付かず離れず、あ奴を見守ってはくれぬか。改鋳が遅れては、けっきょくこの国の民が難渋《なんじゆう》する。余の憂いは、まさにそれなのだ」

「かしこまってござります」

俊平は駒を置き、あらたまって平伏した。

「それと、金細工がどれほど江戸に出廻っておるかも、ちと気になる。金座の仕事が疎《おろそ》かにならねばよいがと心配じゃ」

「かしこまってござります。して、これは影目付《かげめつけ》のお役目と心得てよろしいのでございますか」

「なに、そうたいそうに考えることもないが……」

吉宗は、そう言って俊平に微笑みかえすと、

「ま、余の憂いを分け持って欲しいというくらいのことじゃ。されば、これよりは将棋に打ち込もうぞ」

「あらためまして、お相手つかまつります」

俊平は、苦笑いを浮かべて吉宗を見かえし、また盤面を睨《にら》んだ。

だが、吉宗の言う憂いが、妙に重く俊平の脳裏《のうり》にからんでくるのであった。

三

幕府お庭番遠耳《にわばんとおみみ》の玄蔵《げんぞう》が、このところいちだんと渋みを増した浅黒い顔を、わずかに歪め、木挽町《こびきちょう》の柳生藩邸にひょっこり顔を出したのは、俊平が江戸城で将軍吉宗から金座の主後藤庄三郎について注意を払うよう命じられてから三日ほど後のことで

あった。

玄蔵が渋顔をしているのは、いつもといえばいつものことだが、厄介《やっかい》な仕事を抱えているらしいことは、その顔つきから俊平にもすぐに察しがついた。

密偵にしてはこのところ、玄蔵はしだいに俊平に素顔を隠さないようになってきている。密偵稼業として不覚といえば不覚と言えようが、俊平とは長いつきあいになってきている証《あか》しなのであろう。

その日は紅一点、父と娘ほど歳の離れたさなえを連れてきている。

さなえは、お庭番十七家のひとつ中川家の出身で、玄蔵の師でもある組頭から信頼を勝ち得ている。女の身ながら男の密偵と区別なくよく働くため、玄蔵はお庭番の技を数々仕込んでやっている。

そのお蔭で、さなえは密偵役としてはもうとうに必要な技量を身につけ、お手柄《てがら》らしいものもぼちぼち上げているのであった。

――変わり身の技は、女ならではのもの、

だそうで、町娘から御殿女中までしっかりつとめあげてぬかりはない。

「さなえも、密偵役としてよく一人前に育ったものよな」

俊平が、そう言って目を細め、さなえに微笑みかければ、

「いいえ。まだまだでございますよ」

笑いながらも、玄蔵は厳しい目を向けるが、どうしてまんざらでもないらしい。

「しかし、女だけにしかできねえ仕事は、まあよくこなしてくれております」

男が女に化けるわけにはいかないということで、女ならではの役割を、玄蔵はさなえに期待しているらしい。

「とはいえ、さなえも人の子。すぐれた密偵とて、難しい仕事もあろうな」

俊平が、そう言ってさなえをねぎらうと、

「時々、冷や汗をかいております」

さなえは、そう言って謙遜する。

冬の陽差しがやわらかな影をつくっている廊下を伝って伊茶が、二人のために茶と菓子を持ってくる。茶受けは、女中頭《がしら》の梅《うめ》が丹精《たんせい》込めてつくった桜餅《さくらもち》である。

「さなえさんは、ほんとうに一生懸命にお仕事をされておられます。すっかり女らしい素振りもつくられます。流しの三味線弾きに変装した姿も見たいもの」

話が、すでに耳に入っていたのだろう、伊茶は俊平の話を引き継いで茶目っ気を交えてそう言った。

「さなえさんは、亡くなられたお父上様の薫陶《くんとう》がよろしかったのでしょう。いつもしやきっとして、背筋が通っておられます。それゆえ、身分ある者にもじゅうぶん変装できましょうね」

「おいおい、さなえはこれで二十歳半ばを過ぎたばかりだ。流しの三味線弾きはまだちと無理であろう」

「はい。だいいち、私は三味線がまだ未熟。伊茶さまに聴いていただいたらすぐばれてしまいます」

さなえが、伊茶に苦笑いを返した。

「だが、さなえの武家奉公の女への変装ぶりは、すでに堂《どう》に入《い》ったものであろうな。何処《どこ》かの大名屋敷の奥女中に化けたとしても、もはや誰も疑うまい」

「とはいえ、身分ちがいの女性《にょしょう》は、まだまだ荷が重うございます」

さなえが、笑ってまた謙遜した。

「俊平さま。武家奉公と申さば、さなえさんに、あれを貰っていただいてはいかがでしょう」

伊茶が、俊平をうかがうように見た。

「あれとは、はて、なんであろう」

「上様からも、お局さまからも、お土産に髪飾りをいただいてまいりました。しかし、私には一つ同じようなものがございます。さすがに上様からいただきました物を差しあげるわけにはいきませぬが、お局館からのいただきもののほうは」

「だが、あれがさなえに似合うとも思えぬが……」

「いえ、奥女中に変装なさることもおありでしょう。使っていただければ、きっとお似合いになります」

「しかし、そのような金の飾り物など、奥女中が髪に付けるものではあるまい」

「まあ、そうではございましょうが……」

伊茶は、なかなかその考えを捨てきれぬらしい。そう言いながら、髪につけていた髪飾りを外し、さなえの髪に翳してみせた。

「これは……」

さなえが、思わず顔を紅らめた。あまりに華やかな代物《しろもの》らしい。

「私などには、ふさわしくはございませぬ。伊茶さまは、柳生藩の奥方さまではございませぬか。伊茶さまこそふさわしうございます」

さなえが、手にとって伊茶の髪に翳してみせると、

「ふむ。これは伊茶のものだ。やはり、そなたがつけたほうがふさわしいかもしれぬ」

俊平も、笑ってうなずいた。

「まあ、さようでございましょうか……」

伊茶は、あれこれ位置を変え、髪に当てては首をかしげている。それを、玄蔵は笑って見ながら、

「その髪飾りの一件でございますが――」

と、身を乗り出して呟いた。俊平はその玄蔵の話を受け、

「うむ、そのことだ。じつはな、私も上様から後藤庄三郎殿の金座について、目を配るように申しつけられた。そなたの申すことも、おそらくその件であろう」

「はい」

玄蔵の顔がにわかに険しくなった。

「小判の鍛造では、室町幕府以来の伝統ある金座の主後藤家のことでございます。さして問題があるとも思えませぬが、庄三郎殿にはいささか気になるところがあることもまた、たしか」

「やはり、気になるところがあるか」

「庄三郎殿は、後藤家を継ぐ前は、だいぶ派手に遊んでおられたようでございます」

「うむ。そのことだ」

「町では、そうした風評がいまだに流れており、そのあたりを少々聞き込んでまいりました」

「そうか。ようはたらく。話は聞いていたが、やはりなかなかのものらしいな」

「あのお方は変わり者で、一時は身分に関係なくさまざまな人間と交わっておられました。相当な町の顔役だったそうで」

「ほう、それは意外だな」

「それはもう。神田《かんだ》や柳橋《やなぎばし》あたりの町の悪党どもから歴《れっき》とした大名まで。とは申せ、相手も遊び人のちょっと崩れた大名でございますが」

「ほう、その大名とはどこの誰だな」

「海賊大名の異名をとる豊後《ぶんご》森藩の久留島光通《くるしまてるみち》殿でございます」

「なに、あ奴か！」

俊平は、目を剝いて玄蔵を見かえした。

尾張《おわり》藩の反将軍派の面々と結びつき、俊平になにかと喧嘩を売って大立ち回りを演じたこともある。

久留島光通は、かつて俊平と一悶着《もんちゃく》も二悶着もあった。

久留島光通は、ついには大藩を後ろ楯にして、立ち回り、取り巻きを連れて町を練り歩いた。

俊平の元正室阿久里《あぐり》の今の夫松平定式《まつだいらさだたけ》を乾分《こぶん》のようにあしらい、さんざん酷《ひど》い目に遭わせたこともあった。

「後藤庄三郎という男、これまでの見方を変えねばならぬな」

俊平は、伊茶を見かえし、深くうなずいて言った。

伊茶も、眉をひそめ、険しい表情で俊平を見かえしている。

「とはいえ庄三郎殿は、天下の金庫番とも言える金座の主となっている。御金改役は心を入れかえねば務まらぬ仕事だ」

俊平も、そう願いたいとの思いをこめて言った。

「ま、今は、後藤家を継ぎ、だいぶ落ち着いたのであろうな」

「そう願いたいものでございます。庄三郎どのは、もはや遊び人の若旦那ではありませぬ。心を入れ替え、幕府御用に努《つと》めていただかねばなりませぬ」

伊茶もうなずいた。

「だが、おそらくまだまだ遊び人の名残《なごり》はあろうな。雪乃らに与えた金細工の品だが、あれはいかにも派手すぎる。それに、雪乃を好くのは勝手だが、多忙な折、女人を囲うゆとりなど、そも本来ないはずなのだが……」

「あきらかに、どうも頼りない気がいたしまする」

玄蔵もうなずいた。

「して、実際仕事ぶりはどうなのだ」

「さあ。なにせ、金座の工房の高い塀《へい》の内のことなので。そこのところは、私にも窺《うかが》い知れませぬ。またこればかりは、簡単に屋敷に潜入して調べるわけにもいきませんので」

玄蔵が、苦笑いして言った。

「そうであろうな。といって、こたびはさなえの出る幕はそう多くあるまいしの」

「はい。琉球から金細工の職人が多数、江戸まで出て来ているとは聞いておりますが、まだその姿さえ見たことがありません」

「そのことよ。屋敷の外には出さぬようにしておるようだの」

俊平も、深く頷《うなず》いた。

「金座の工房は古来、後藤庄三郎屋敷の内にあり、もともと職人を勝手には外には出さぬがしきたりと聞いております」

玄蔵が言った。

「うむ。そう話に聞いているが、それにしても、なかなかに厳重きわまりない。金貨を持ち出されては市中も混乱するので、厳重に統制しているのであろうが、まことに御金改役の世界とは特別のようだ」

「幕府も、そうした後藤家の管理体制は、評価しておるようでございます。あの家では代々職人を厳しく統制、管理しておりますから。とはいえ……」

「なんだ」

「紅葉山文庫《もみじやまぶんこ》の記録を見てみますと、幕府も後藤家へ信頼を寄せるまでにはだいぶ紆《う》余曲折《よきょくせつ》があったことがわかります」

玄蔵が、鋭い眼差しで俊平を見た。

「ほう。それは知らなかったぞ」

「江戸に金座が成立してしばらくの間は、後藤家も御金改役として日本橋本石町の役宅で管理のみを行い、小判の鍛《たん》造は小判師と呼ばれる小判職人が、別の所でやっておりました」

「なるほど、幕府も後藤家をいまひとつ信頼できず、小判を鍛造する小判座と大判座の後藤家を分けていたというのか」

「ほんの五十年にもならぬ前までは、そうしていたようでございます」

「そうか。いまひとつ全幅の信頼は置かれず、幕府に見張られていたのだな」

「そのようで」

玄蔵はそう言って苦笑いした。

「されば、後藤家は、いつから鍛造まで任されたのだ」

俊平が前屈みになって玄蔵に訊ねた。

「元禄《げんろく》十一年（一六九八）に、邸外での鍛造を廃止し、役宅敷地内に工房を設置し、以後、江戸の金の鍛造は後藤庄三郎屋敷内のみで行うこととなったようでございます」

玄蔵はそう言ってから、ふと吐息を漏らし、伊茶の淹れた茶に口をつけた。

「とまれ、今や後藤家は幕府の貨幣製造を一手に握る金座の主だ。それに、余技で金細工まで行っておる。幕府も一目《いちもく》置き、勝手にさせておるようだな」

「そのようでございます」

「それにしても小判の鍛造ばかりか、琉球職人を招いて金細工も作っているとは、後藤庄三郎のところは大した羽振《はぶ》りだ」

「今の世、お金は大変な力を持っております。それを生み出す大元でございますから。力を持つのも納得できるところでございます」

玄蔵が言えば、伊茶とさなえがうなずいた。

「琉球の応援は、どのくらいの規模で来ておるのであろう」

俊平が玄蔵に訊ねた。

「まだ目に触れたことはありませんが、かなりの大所帯だそうにございますよ。そのうえ、琉球職人に混じって、琉球の舞踊団《ぶとうだん》まで来ておるそうでございます」

「ほう、舞踊団か」

俊平は、驚いて伊茶と顔を見あわせた。

「これには、どうやら薩摩藩も一枚嚙んでいるようで、金細工の職人を呼び寄せるついでに、賑《にぎ》やかに女人衆を呼んで、職人たちの骨休めにさせているようでございます」

「だが、小判の鍛造職人どもと舞踊団をともに招き寄せるとは、ずいぶん大仰《おおぎょう》なことよの」

「それが、職人のなかには、踊り手の女を妻とする者も多いらしく、江戸は遠い土地。心細かろうと付いてきたようで」

「そういうことか。されば、これは琉球国を挙げての行事となっておるな」

俊平が、苦笑いして伊茶と顔を見あわせた。

「その女人たちも、金座内で釘付けなのか？」

「いえ。日本人の小判師の話では、男の細工師ほどの制約はなく、みな屈託《くったく》ない女たちゆえ、町をそぞろ歩き、時折薩摩藩の招きに応じて、各藩に踊りを披露しているそうにございます」

「ほう。ならば一度わが藩に呼んで見たいものだな。琉球の踊りは、本邦のものとはだいぶちがうのであろうか」

「それは、もう、だいぶちがうようでございます」

玄蔵がさなえと顔を見あわせうなずいた。

「どうすれば見られるかの？」

「御前は、琉球の踊りに関心がございますか」

「まあ、芸事は好きなほうだな。興味はある」

「大名屋敷以外にも、どこかで踊りを見せておればよろしいのですが。金座界隈《かいわい》で知り合った日本の小判師に訊いてみることにいたしましょう」

「そのような者がおるのか。ぜひ頼むぞ」

「それにしても、琉球の金細工職人は息苦しかろうな。誰一人、金座内から姿を現さぬというのは、いささか度が過ぎるようだ」

「まことに、息のつまる思いでございましょう。ただ、ここ数日、私が見張っておりますと、日本人の小判師とともに、出かけることもあるようで、ちらと姿を見かけました」

「ほう、出ることもあるか。そちが知り合った日本の小判師らと出かけるのだな」

「はい、そのようで。鎌倉河岸《かまくらがし》の飲み屋にも、琉球の地酒を飲ませる店があるようで」

「琉球の地酒は泡盛《あわもり》という酒だな」

泡盛という名だけは、俊平も聞いている。かなり強い酒で、咽《のど》も胃の腑《ふ》も焼けるように熱くなるという。

薩摩藩の江戸幕府への献上品には、必ず泡盛が含まれていると聞いているし、薬用酒として珍重され、幕閣の間では憧《あこが》れの貴重な酒となっている。

「だが、泡盛とは、まことに体によい酒なのか」

「そう聞いております。琉球だけにある黒麴菌《くろこうじきん》というものを用いてつくる酒だそうでございますな。首里《しゅり》という城の周辺の、三つの地域だけで造られておるそうにございます」

「詳しいの。そちも、飲んでみたのか」

「一度だけ。そりゃあ、こたえられませんでした」

「いちど、その店を訪ねてみたいものよ」

「あっしも、もういちど飲んでみたい酒で」

玄蔵が、目の色を変えてうなずいた。

「とまれ、後藤家のようすをいまひとつ知りたい。妙なことをしているとは断じられぬが、しばらく見張ってみてくれぬか」

「そのつもりでございます。上様同様、あっしも勘のようなものがはたらいております」

玄蔵が、そう言って唇を引き締めると、

「じつはな、なにやら私も、そなたと同じ妙な勘がはたらく気がしてくるのだ」

俊平は茶を置いて前のめりになると、にやりと笑って伊茶と顔を見あわせるのであった。

第二章　御金改役《ごきんあらためやく》

一

「同じ小判と言っても、こうもちがうものかね。なんだか、すっかり小判の値打ちが色あせちまったようだぜ」

大御所《おおごしょ》こと二代目市川団十郎は、舞台裏大階段奥の三階座主の間で、部屋の若い役者が振りかえるほどの声となった。

いつも大向こうを唸らせる癖がついているだけに、大御所がなにか驚けば、さすがにみながのけぞるほど大迫力となるのは無理からぬところではある。

千両役者の暮らしっぷりが身についている大御所だけに、金製品に慣れている。それだけに、このところの江戸の町に流通しはじめた新しい小判には、つい言いたくなるらしい。

話は遡《さかのぼ》る。気前のいい客が舞台に投げつけるお捻《ひね》りを、一座の者が開けてみると、今日は小判が数枚入っていたので、大いに喜んで大御所に御注進《ごちゅうしん》に及んだ。

包みを開けてみれば、山吹色の色味がいつもと微妙にちがう。

それが、今日はことにはなはだしい気がしたので、舞台が終わった楽屋でこのことがひとしきり話題に上ったというわけである。

「たしかにこう見てみると、この二枚の小判には、ずいぶん色の差があるものだよな」

いつもどおり、一刻（二時間）余り一座の若手に茶花鼓《ちゃかぽん》の稽古をつけた柳生俊平が大御所の大部屋にもどってきて、馴染《なじ》みの外郎《ういろう》菓子で茶を喫していたところ、思いがけない小判の色のちがいが話題となっている。俊平もどうれと手に取ってみた。

「どうでしょうねえ、柳生先生。本物の小判はやっぱりこっちじゃありませんか」

大御所が、二枚のうちの黄金色の濃い一枚を取ってヒラヒラさせた。

「あっしは、長いこと銀煙管《ぎんぎせる》を愛用してきたんだが最近、金煙管を手に入れた。本物の黄金色ってのは、ようくわかるんでさァ。そのあっしの目から見りゃ、こっちの新しい小判はなんとも眠ったい、気の抜けた色でしてね」

大御所は、吸い終わった煙管の雁首《がんくび》をポンと煙草盆《たばこぼん》にたたきつけると、器用に新しい煙草を詰め替えはじめた。

なるほど、大御所に握られた煙管の金細工は、鮮やかな濃い山吹色をしており、うっすら黄ばんだ芒《すすき》の穂のような色の小判の色とはずいぶんちがう。

「こっちの小判には、たぶん金の量は半分も入っていないんじゃないかね」

俊平は、ううん、とうなずいて大御所に応えた。

「その話ですがね」

横から、一座のお捻り担当の百 蔵《ひゃくぞう》が首をつっ込んで、両替商で聞いてきたという話を披露しはじめた。

「両替商の近江屋《おうみや》じゃ、ぼやいていましたよ。江戸の町衆は、小判のちがいをわかっているって。しっかり溜め込んで、値上がりを待っているそうですよ。同じ小判でも、旧小判をみな選ぶんですって。これじゃ、同じ一両とは言えませんや」

「値段が同じはずの一両小判で、このちがいはなんとも悲しい話だな」

俊平もあきれたように言う。

「事実、値が二種類ついているようで、ややこしくて商売にならないと近江屋じゃ弱りきっておりました」

「それは、まことに困ったことだ。悪いのは勘定奉行かい、それとも将軍様かい」

大御所が、歪んだ笑いを浮かべて、俊平に聞こえよがしに言いたてた。

芝居興行には理解を示さず、制約ばかりをつけてくる幕府に、団十郎は常日頃大いに不満を抱いている。大胆かつ剛毅《ごうき》な性格だけに、ことさら反発を露《あら》わにして、幕府を非難することもたびたびであった。

「まあ、幕府もやむを得ず改鋳に踏み切ったようだよ。なにせ、佐渡や甲州の金山は、もう軒《のき》並み涸《か》れきっちまってな。さっぱり金など採れなくなっているという。ところが遣《つか》う人の数は、どんどん増えているんだからね、希薄にしないと、小判は増やせないのだろうよ」

俊平が、ちょっとだけ幕府に肩入れして言った。

「わかってますよ。でもねえ、ちょっと寂しい思いがいたします。小判はともかく、このぶんだと煙管や金細工までぺらぺらなものにならねえかと心配でね」

「それは、大丈夫だろうよ。金座に呼び寄せている琉球の金細工を見たが、あれは見事なものだった。そうだ。私のところに茶碗が一揃いある。私の柄《がら》ではないから、一座で遣ってもらおう。今度持ってくるよ」

俊平が言えば、さすがに部屋のなかから、それは凄い、と歓声が上がる。

「ですが、お話によれば、それは将軍様にいただいたものじゃございませんか。それをあっしらがいただいたんじゃ、申し訳ねえ」

俊平にこだわりはないが、そう言われれば、将軍吉宗にすまない気もしてきた。

「琉球の金細工は、それは見事なもので、近頃は江戸でも人気だそうですってね」

百蔵が同じく近江屋で聞いてきた話を披露した。

「その話は聞いている。だが、その金細工、なかなかたやすく手には入らないそうだ。そも、その金細工師はどこにいるのかも定かじゃないのだろう」

俊平が、首を傾げて言った。

「いいえ。その琉球の金細工師なら、薩摩さまともども、今日芝居見物をしておりましたよ」

幕間から観客席を見ていたという女形から座付きの作家見習いとなった玉十郎《たまじゅうろう》が、思いがけないことを言った。

「ほう、それは意外だな」

俊平が、驚いて玉十郎を見かえした。

「あ、薩摩様の御一行なら、今宵〈泉屋《いずみや》〉で宴が開かれる予定です」

団十郎の付き人達吉《たつきち》も言う。

「そうだったな。ちっ、薩摩様の御一行なら、顔を出さざるをえねえな」

大御所が、渋い顔で言った。

薩摩は南国の大藩だけに、なんとも豪放磊落《らいらく》、しかも態度が横柄《おうへい》と、団十郎の一座ではすこぶる評判が悪い。

「あの島津継豊さまはねえ」

団十郎が、顔を歪めてその名を口にした。

「おやぶん肌というか、大勢の人間を周りに並べて喜ぶところがある」

島津の殿様は、大御所とどこか似たところがあるらしい。

「薩摩藩の宴に、琉球の金細工師が列席するのは、なるほど、そういうことなら考えられるな」

そうなると、今夜の芝居茶屋は面白くなる、と俊平は思う。俊平は、薩摩藩主島津継豊を迎える一座にこっそり加わってみようかと思った。

「なんでも、後藤家で連日小判の改鋳ばかりやっているので、たまには息抜きも必要であろうと、薩摩様が金細工師を連れ出したそうでございます」

玉十郎が言う。

「ほう。薩摩の殿様も、なかなか気の利いたことをするものだ」

俊平が、笑って玉十郎を見かえすと、

「されば、先生もいかがでございます？」

「うむ。だが、私も顔を出してよいのか」

「それは結構でございますよ。しかし、柳生藩主としてでございますか」

大御所団十郎が俊平に確認した。

それはちょっと、厄介なことになるかもしれなかった。

それに、俊平は島津継豊とは顔を合わせたことがあり、あるいは俊平のことを憶えているかもしれなかった。

「いや、一座の関係者として、茶花鼓のお師匠ということでじゅうぶんだよ。隅のほうで眺めているよ」

俊平は、そう言って団十郎にうなずけば、

「そうなされませ。薩摩藩の者など、あまり口を利かぬほうが腹も立ちません」

大御所が、口を歪めて言い捨てた。

「されば、そういたそうか」

俊平は笑ってうなずくと、琉球の金細工師が、いったいどのような歓待を受けどのように寛《くつろ》ぐようすをみせるのか思いをはせてみた。

中村座《なかむらざ》のある堺町界隈《さかいちょう》は中村座を囲むように多数の芝居茶屋が軒を並べており、いわば、芝居通りを形成している。

その堺町の目抜き通りに面して、界隈一の芝居茶屋の大店《おおだな》が〈泉屋〉であった。

芝居見物を堪能したお大尽《だいじん》連中は、幕が降りた後、こうした芝居茶屋に流れて、贔《ひい》屓《き》の役者を呼び出して芝居談議にふけることを常としている。

その夜の一座の賓客《ひんきゃく》は、薩摩藩主の太守《たいしゅ》島津継豊であった。

「まさか、柳生先生がほんとうにご列席になるとは思いませんでしたよ」

と言って大御所の付き人達吉が、廊下を出た俊平を追ってくると、

「琉球の舞踊は、それはきらびやかなものと聞く。よもや、宴で踊り子が舞を披露してはくれまいが、衣装くらいは見られるかもしれぬの」

「へえ、そんなに豪華なものなので」

「ああ、そうらしい。玉十郎の話では、芝居の公演中、じつは金細工師同様数人の踊り子が席に付いていたという。遠目にも、その衣装は華やかであったそうな」

「そりゃ、残念なことをいたしました。あっしは見過ごしてました。それは愉しみでございますね」

達吉と廊下でそんな立ち話をしてから、二階の稽古部屋で弟子の若手役者と会話を

かわし待つことしばし、大御所をはじめとする座員も揃って、みなで中村座から半丁ほど離れた〈泉屋〉に繰り出していった。

〈泉屋〉ではすでに薩摩藩々主島津継豊をはじめ数人の家士が、琉球の金職人五名ときらびやかな琉球の舞姫らをひき連れ、三十畳余りの大広間で賑やかに寛いでいた。

座長の二代市川団十郎があらためて島津継豊の前に進み出て丁寧に挨拶をし、座員が広間に寛ぐ琉球の一団の間に散っていくと、すぐに店の女たちが酒膳を用意し、座員と客たちとの賑やかな談笑が始まる。

俊平は、ちらと金細工職人に目をやって、その南国人らしい屈託ない顔立ちの男たちを眺めてから、今度は舞姫らのもとに歩み寄っていった。

「まあ、あなたさまも歌舞伎のお方ですか」

歳嵩《としかさ》の踊り子が、どこか南国訛《なま》りの流暢《りゅうちょう》な言葉で俊平に声をかけてくる。

女たちは、黒羽二重《くろはぶたえ》姿の俊平が座員の身につけているものとはちがっていることに、気がついているようであった。

「私は、一座の者に茶花鼓を教えている花や歌舞音曲の師匠だよ」

俊平が、気楽な調子で言葉をかえすと、

「まあ、それでは、お稽古ごとの」

隣の別の踊り子が言った。

「なに、師匠といっても、道楽がまあ嵩《こう》じてちょっとばかりこの道に通じているだけでね、大した者ではない」

「まあ、道楽が嵩じて――」

女は、俊平の言葉にいちいち反応し、興味深げに俊平の顔をのぞく。

「この国には、好きこそものの上手《じょうず》なれ、という言葉がある。その好きが嵩じて、ちょっと上手になっただけでね。みなさんのような、踊りの名人ということではない」

「まあ、ご謙遜を……」

女たちが、屈託なく口に手を添えて笑った。

「みなも、謙遜という言葉を知っているのだね」

「知っておりますよ。琉球にも、謙遜という言葉はあります。ならば、あなたのほんとうのお仕事はなんですの？」

また別の女が、俊平をのぞき込むようにして訊ねた。

「なに、私は侍だよ」

「まあ、武人ですか。でも、それほど怖《こわ》そうじゃない」

女が、隣の女と顔を見あわせて言う。

「私は、怖い人じゃあないよ」

「安心しました。薩摩には怖い人が多い」

女たちが、眉をひそめて言った。

「はて、そうかな」

俊平は、ちらと上座で盃を持つ紅ら顔の薩摩の武士一行に目をやった。

金細工師の脇で、団十郎と宮崎《みやざき》翁が、笑顔を交えて接待をしているのが目に映った。

「そなた、名前はなんというな」

俊平が踊り子の一人に訊ねた。

金糸の入った色鮮やかな琉球の民族衣装が、目を奪うほどの鮮やかさである。

長い髪を束ね、金の櫛で後ろにまとめている。

「私は愛梨《あいり》といいます」

女は、たどたどしい口ぶりで言った。

その女は、やや陽に焼けた南国風の丸顔の踊り子たちとはちがい、面長で肌の色もやや白い。

「こちらは、われらと同じ踊り子の装いをしておりますが、王族の血を引くお方でございます」

隣の金細工師が誇らしげに言った。

「王族の方か？」

「はい。王家に属するお立場ながら、踊りが大好きで、私たちと一緒に踊っておられるのです」

「高貴なお方とは、知らずご無礼した」

俊平は、あらためてその女を見かえし、微笑んでいる。

女は飾ることなく俊平を見かえし、微笑んでいる。

「だが、王族の方が踊り子をなさるとは、なんともおおらかなお国だ」

俊平が感心したように言えば、

「残念ながら、いつも一緒ではないのです。十回に一度ほど、仲間に入れてもらっております。ただ、このたびは日本国の都江戸を見ることができるというので、我《わ》が儘《まま》を言って一行に加えてもらいました」

「なるほど、そういうことですか」

俊平が、納得して女に微笑みかえした。

そう言えばなるほど王族の女らしく、身支度も他の踊り子より立派なものを身に着けている。

飾り物も豪華であった。金の髪飾りは、お局の方から伊茶にと与えられたものよりひとまわり大きく、黄金もたっぷりと用いられている。

指輪は、同じ七つの飾りがついたものであったが、銀細工が多いなかでこちらは黄金である。

とはいえ、清楚《せいそ》な印象の愛梨が身につければ、決してごてごてしくは見えず、厭味《いやみ》なところもない。

「なるほど。こうして金細工は、さらりと身に着けるものなのだね」

俊平が、素直に好印象を語れば、愛梨は嬉しそうに微笑んだ。

「琉球の金細工は、それにしても見事なものだな。黄金がこれほど細やかに加工できるとは知らなかった」

横から近づいてきた女形の玉十郎が、愛梨をうっとり見て口をはさんだ。

踊り子たちは、なよなよした女のような仕種《しぐさ》をする玉十郎を不思議そうに眺めている。

「本邦の金細工といえば、せいぜい象嵌細工《ぞうがんさいく》だが、琉球のものはもっと奥があって込み入っているようです」

玉十郎が女たちの飾り物を見ながら言う。

「ほう。詳しいの、玉十郎」

俊平は、玉十郎の意外な博識ぶりに驚いた。

「これで、長く女形をつとめておりましたもんでね、こうした飾り物には、ちょっと目が肥えております」

玉十郎は自慢げにそう言って、

「琉球では、王家がしっかりこうした技を護り育ててきたと聞いております。そうでしょう」

玉十郎が、愛梨に問いかければ、

「はい。金細工は国の宝ですから。それゆえこのたびの旅でも、私が細工職人を大切に護ってさしあげようと、付き添っております」

「なるほどの」

俊平は、あらためて感心し、店の女たちの酌《しやく》を受ける職人らに目をやった。

いずれも、技に打ち込む職人らしく口数も少なく、酒を粛々《しゆくしゆく》と受け、旨《うま》そうに飲んでいる。

（だが、どこかちと疲れておるようにも見えるな……）

俊平が、男たちをじっと観察して言った。

「毎日、小判の改鋳に専念しているそうです。なので、金の飾り物を作るのが唯一の息抜きになっているのです」

愛梨の隣の女が言った。

「それは、大変なことだな」

あらためて男たちを見まわせば、薩摩藩の家臣と談笑する金細工師や、藩主島津継豊、後藤家の大番頭と話をする者もある。

継豊は、すでにだいぶ酒が入っているようで、時折家臣にもっと金細工師に飲ませるよう命じていた。

金細工師は、それに無表情に応じ、黙々と飲んでいる。

見たところ、薩摩藩の者をあまり好きではないようすである。琉球王国は、島津家の支配を受けているせいか、琉球人の薩摩人を見る目は複雑なのであろう。

島津継豊は、男たちがあまり好意的な反応を示さないことに憮然《ぶぜん》として、また後藤家の大番頭と話しはじめた。

藩主島津継豊が握っているのは黄金の盃で、連れてきた金細工師に制作させたものらしい。家臣も、それで酒を飲んでいる。〈泉屋〉の女たちが、いくつかの黄金の瓢箪に酒を満たして盆に乗せてきた。

取り囲む女たちや、団十郎一座の役者がわっと歓声をあげる。

団十郎と宮崎翁が苦笑いを浮かべているが、藩士はいずれも面白そうに金の盃で酒を受け、それを飲みはじめた。

後藤家の大番頭が、ふと女たちに目を向け、踊るよう命じた。

女たちが、黙々と立ち上がる。

愛梨が、きりりとした表情で店の女に三味線を持ってくるよう指示をすると、踊り子四人に遅れて部屋の隅に一人すすんでいく。

店の女が持参した三味線を受けとり、愛梨が南国風の旋律《せんりつ》を掻き鳴らしはじめた。

沖縄の楽器とは勝手がちがうらしく、一瞬戸惑うようすであったが、それでも愛梨は器用に三味線を掻き鳴らしはじめると、踊り子がゆったりとした拍子で静かに舞いはじめた。

見事に統制の取れた一糸乱れぬ動きである。南の海や島を思わせる穏やかな動きである。

陶然《とうぜん》と舞い踊る姿は麗《うるわ》しい。

薩摩藩士周辺でどっと歓声があがる。いずれも七十七万石の大藩の士だけあって豪快である。

大御所と目があった。大御所は俊平にこちらへと手招きし、一緒に飲まぬかかと誘ってくる。

苦笑いしてうなずくと、薩摩藩士数人が俊平に顔を向けた。

俊平は、藩士一同に軽く会釈すると、大御所の脇に座した。

島津継豊は、俊平をどこかで見たことがあるのではと思ったらしく、怪訝な顔をしたが、大御所が一座の後見役の旗本と紹介したので、そうかと安堵《あんど》し、どうだと黄金の瓢簞で俊平に酒を勧めた。

酒臭い息を吐き、俊平に顔を近づけた継豊は、俊平の金の盃になみなみと酒を注いだ。

「そこもと。何石取りだ」

「二百石の軽輩にござります」

「ふむ。して、どうじゃな。この瓢簞で注がれて飲む酒は」

継豊が語りかけてくる。

「いやいや、一味も二味もちがいまする」

俊平は、つくり笑いを浮かべた。

「さようでござろう」

藩主を囲む家臣の一人が、さすがに幕臣だからと俊平を立て、慇懃《いんぎん》な口調で語りかけた。

「その瓢箪、太閤づくりの趣向にあやかり、〈太閤の瓢箪〉と名付けておる」

継豊がまた誇らしげに言う。

「琉球の細工師らに作らせたものじゃ」

「見事な黄金でございます。なにやら、こちらまで天下を取った気がしてまいります」

冗談半分に俊平が応じれば、継豊はその言葉が気に入ったか、からからと笑いだし、

「おぬし、まことに面白いことを言う。さらに飲むがよい」

とまた瓢箪を突き出してくる。

踊りを終え、継豊の側《そば》に寄ってきた踊り子たちに、俊平のために継豊は酒をつがせた。

「薩摩の方々は、太閤がご贔屓でござるか」

俊平が、笑いながら継豊に訊ねた。

薩摩藩は、徳川家が江戸幕府を開く以前には、西軍に付き、関ヶ原の戦いでも石田《いしだ》

三成《みつなり》とともに徳川方の東軍と戦っている。敗色濃くなると、敵中を突破し薩摩軍は九州《きゆうしゆう》まで無事に逃げ帰っている。

俊平は、そうした薩摩藩の勇猛さは高く評価している。

「豊臣《とよとみ》方が敗れてしまったゆえ、やむなく徳川に付き従ったふりをしているのだ」

継豊は俊平が薩摩に好意的とみて上機嫌である。

「はは、ふりでござるか」

「そも我らは、徳川に敗れて従っているわけではない。薩摩は徳川軍を蹴散らし、敵中を突破して、鹿児島《かごしま》に撤退した。戦さの結着はまだまだついてはおらぬ」

「はは。されば、時あらば徳川方を蹴散らし、天下を望まれるおつもりか」

酒の席らしい大法螺《おおぼら》がつづく。

「そのこと。天下は必ず盗《と》って見せよう。いずれな」

継豊が高らかに宣言すれば、付き従う家臣も盃を掲げてわっと騒ぐ。

「剛毅なもの。それでこそ薩摩人でございますな」

大御所が笑って、継豊に笑みを送る。

「なに、そうは言うものの、じつは淋しいものでの。酒の席だけの話じゃ。このような法螺話は、ここでしかできぬ」

そう言ってちょっと悲しく笑ってから、継豊はふと真顔になって、

「それでも、薩摩藩には、幕府も多少の遠慮があるようじゃ」

「そのようでございましょうな」

大御所が、くすぐるような口調で継豊に応じた。

「見たところ、幕府はどうやら薩摩を苦手に思うておるようでございます」

大御所は、並んで座る宮崎翁とうなずき合う。

「薩摩は、強いという伝承のようなものができているようでございます」

「薩摩は、触らぬ神に祟《たた》りなしらしい」

藩士が、高笑いして言った。

「それそれ。薩摩は遠い。南の果て」

別の藩士が歌うように言う。

「たしかに遠ございます」

大御所が同調した。

「まあ、それだけ異国に近い。清国《しんこく》、台湾《たいわん》、いずれも目と鼻の先じゃ」

「やろうと思えば、幕府に気づかれずに、交易もできましょうな」

俊平が、調子に乗って継豊をからかうように言った。

「待て、おぬし。ようわかって言っておるのかな」

継豊が、俊平に紅ら顔を向けて言った。

「いえ、酒の席の戯《ざ》れ言《ごと》でございます」

俊平が、盃を片手に調子に乗って言った。

継豊は、にやにや笑って黙った。

薩摩藩が、秘かに抜け荷を、つまり密貿易を行っているらしいことは、将軍吉宗も薄々は気づいている。先年藩主継豊と吉宗は、そのことで対決したこともあったが、結局吉宗も証拠がないままに深く追及はできなかった。

「それにしても、そち、ずけりと申されるな」

重臣らしい薩摩藩士が言って、俊平を見かえした。

大御所が心配して、俊平を見守っている。

「なに、それがしは、何ひとつ存じませぬ。薩摩藩の抜け荷の噂は、江戸では評判でございますれば」

「ほう、江戸では評判か」

継豊は、意外そうに俊平を見かえした。

「これは、気をつけねばならぬな。妙な噂が立っておる」

継豊の言葉に、さすがに薩摩藩士も苦笑いして盃を置いた。

抜け荷の噂が江戸じゅうに広まれば、藩の命取りになりうる大事に発展しかねないと考えはじめたのだろう。妙に座が静まった。

一座の若い者が、店の女に命じ、追加の酒を用意させた。

「ささ、皆様、まだ宵の口、賑やかにやりましょう」

宮崎翁がそう言えば、女たちが薩摩藩士を囲むようにしてまた酒器の酒を勧める。

「もう一曲、所望したいの」

継豊がそう言うと、側近の家臣が、三味線をかかえる愛梨に指図をした。

愛梨はうなずき、またゆっくりとバチで弾きはじめた。

南国の大海原《おおうなばら》を思わせる朗々とした曲想が部屋に流れると、女四人がまた手を振り腰を手折って踊りはじめた。俊平は、頃合いと、席を立って一同に別れを告げると店を出た。

夜気が、ひどく冷たい。

（それにしてもの……）

俊平は、ふと提灯の灯りの眩い《まばゆ》〈泉屋〉の二階を見あげ、わずかに顔を歪めた。

薩摩藩は、なにゆえ琉球の細工師の一団を熱心に歓待するのか。

それに、後藤家はなぜに薩摩藩にあれほど密着しているのか。

俊平はすっかり闇に落ちた夜道を、またひたひたと歩きだした。

二

「あたし、庄三郎さまと別れようかと思っているのです」

数日の後、惣右衛門を柳生屋敷に残し、一人お忍び姿でお局館を訪れた俊平を、雪乃が袖を引き、階段脇の部屋に引き入れて、深刻そうにそう言った。

「別れるだと。一緒に生活を始める寸前であろう。どうしたことだ、雪乃」

「じつは……」

雪乃は顔を歪め、ぼそぼそと愚痴《ぐち》りはじめた。

「あんなところに囲われて、あの人がやって来るのを一人ただひたすら待つ生活なんて、あたしにはとても耐えられないような気がするんです」

「それは、無理もないところはある。そなたはまだ若いし、元気もよいからな。それは、いささか退屈はしよう」

俊平は、妾宅で退屈そうに煙草を燻《くゆ》らす雪乃を想い、苦笑いを浮かべるのであった。

「それに、あの人、もう昔のあの人じゃないみたいなんです」

「先日も、そのようなことを言っていたな。どのような男になったという」

俊平は雪乃の肩をとってその顔をうかがった。

「それが、なんだか、私に会ってもどこか心ここにあらずの態《てい》で、いつも別のことを考えているようなんです」

「多忙なのであろう」

「そうかもしれません。でも、これからの生活が、急に面白くないものに思えてきたんです」

雪乃が、だだをこねるように体を揺すった。

「面白くないか。それは困った」

雪乃の表情を見れば、だいぶ深刻そうである。

「生活の準備はできてきたか」

「先日、後藤家の大番頭さんが訪ねてきて、本所の別宅の用意ができたというんです。黒塀に囲まれていて、庭には松の木も植わっていて、それは瀟洒《しょうしゃ》なお家だそうです。でもねえ」

そう言って、雪乃はふと手持ち無沙汰《ぶさた》な俊平に気がつき、茶の支度をしようとした。

「まあ、柳生さまでは」

吉野が俊平の姿を見つけて、嬉しそうに部屋に入り込んできた。

「今日は、お一人でございますか」

「なに、惣右衛門はたしかによく気のつく用人だが、私とて一人になりたいこともある。贅沢な言い種《ぐさ》かね」

苦笑いしてそう言えば、

「それは、殿方でございますもの。お一人になりたいことだっておありでしょうよ。すぐに熱いお茶を淹れてまいります」

雪乃を抑えて、吉野は急ぎ台所に消えていった。

「それにしても、柳生さまがふらりとお越しになったのは、どうした風の吹きまわしでございましょうねえ」

雪乃が、怪訝そうに俊平をうかがった。

「いやな。そなたの旦那となる人物に、ちと興味が湧《わ》いてな」

俊平が言って、探るように雪乃を見た。

「後藤さまに？」

「ああ、それでちょっと話を訊きたくなったのだ」

「まあ、なんでしょう」

「でも、そなたが後藤殿に興味がなくなったのではな」

「どうしましょう。でも、嫌になったものは、嫌」

「ずいぶん羽振りがよくなったので、羨ましくなっていたのにな」

「羨ましいだなんて、お大名様がそのような」

雪乃が、上目づかいに俊平をうかがい、くすりと笑った。

「なに。後藤殿など、一万石の大名には、とてもやれぬことをやっておる」

「まあ、そうでしょうけど……。でも俊平さま。庄三郎さまに、なにか妙なところでも」

雪乃は、ふと探るような目つきで俊平をうかがった。

噂によれば、俊平は幕府の探索方のようなものも命じられているという。雪乃はそのことをどこかで聞き知ったらしい。俊平がひとりで館を訪れ、庄三郎について訊ねたことが気にかかるらしい。

「別段、この件につきなにか幕府より疑念を呈《てい》されているわけではない。後藤殿に疑わしいところがあるわけではないのだ」

と言ってとぼけてから、俊平はまた部屋に入ってきた吉野に顔を向けた。

「それより、なぜそのように、庄三郎殿は変わられたのかね」

「あたしにも、わからないのです。でも、庄三郎さまがなにか遠いお方になったような気がすることだけは確かなんです」

「多忙なだけとは、思うのですが……」

吉野が言う。

「でも、なぜ押しも押されぬ金座の大判師、後藤家の御曹司が、忙しいというだけで……。なにか別のことを考えているのでしょうか」

雪乃がなおも繰り返し言う。

「どういう意味だ。そなた、焼《や》き餅《もち》でも始めたか」

「あら、いやだ。そういうことじゃ」

「しかし、それは困ったの。男というもの、なにかに夢中になると、女人にいささか冷たくなることもある。いや、私も知らず知らず、そうした姿勢を見せることがあって、伊茶を怒らせている。庄三郎殿は、胸中に何か大望を持たれているのかもしれぬよ」

俊平がそう言って雪乃を見かえせば、雪乃はそうかしらと首を傾けはじめた。

「でも、俊平さまも、胸中でいろいろなことをお考えでしょうが、いつもおなじお顔。冷たくなるようなことはございません。それが柳生さまのよいところ。いつもゆったりと構えていらっしゃいます」

吉野が、淹れてきた茶と海苔煎餅《のりせんべい》を俊平の膝元に置いた。

「はて、いつから私はそのように落ち着いてきたか。自分では、自分を軽薄な男で、いつも馬鹿げたことばかりやっていると思っているのだが」

俊平が自嘲気味に言えば、

「まあ、そんなことはございません。ねえ、お姉さん」

雪乃が真剣に俊平の言葉を否定した。

「そう、そのとおりです。柳生さまの、そういうところが私は好きでございます」

吉野が、はしゃいだ声で言った。

「私も、庄三郎さまのところではなく、柳生さまのご側室にならば、喜んで成りますものを」

雪乃が、本気な口ぶりで言う。

「それは、ちとまずいな。私には伊茶がいる。それより、雪乃、いちど、庄三郎殿に会わせてくれぬか。その変化、ちと気になる」

「まあ、嬉しい。柳生さまが確かめてくださるのなら、もう安心でございます。柳生さまのおっしゃるとおりにいたします」

「そうか。それはありがたい」

俊平は、思わず手を打って相好を崩した。

むろん、俊平には別の動機があることを、雪乃も薄々感づいている。海賊大名の久留島光通と親しい点からも後藤庄三郎には、どこかすさんだ心情が潜んでいそうであると感じているのだろう。

「まあ、雪乃にそれほど頼られても困るが……」

俊平はそう言って、かりかりに焼いた鬼瓦のような海苔煎餅を歯で砕いた。

「私のお弟子さんで、秋田藩《あきたはん》のご家来がいらっしゃいまして。そのお方が、お宅で焼き上げたものらしいんです。ちょっと硬すぎですが、召しあがってください」

吉野が、あらためて煎餅を勧めた。

「だが、これは旨いよ。素朴で、米の味がしっかり出ている。米も、よいものなのだろうな」

「柳生さまがそうおっしゃっていたと、お伝えしておきます。きっと喜んでくださるはずです」

「そう言えば、先生。先日、〈泉屋〉で庄三郎さまのところに助《すけ》っ人《と》で来ている琉球の金職人と、お酒を飲んだそうでござりますね」

雪乃が、二杯目の茶を俊平に淹れながら言った。

「雪乃、それを、どうして知っている」

「玉十郎さんが、三味線のお稽古に志摩さんのところに来ていらっしゃるんですよ。ほら」

耳を済ませば、なるほど別の部屋で、玉十郎らしい者の三味線の稽古が騒がしい。難しいところを何度も弾き直し、執拗《しつよう》に繰り返しているが、ずっとまちがえている。

「なんだ、あ奴。まだ三味線の稽古を続けていたのか」

「はい、もう四年になります」

雪乃が言った。

「だが、やつは戯曲に専念すると言っていたが……」

俊平は、苦笑いしてまた音曲に耳を傾けた。

「あの人、気がとても多くて、どれも中途半端」

吉野が、笑いながらずけりと言う。

「これは、手厳しいの。吉野にまで、そのように言われておる」

「でも、悪い人じゃないから、うちのみなが応援してるんですよ。売れる座付作家になってほしいって」

「そうだな、私も願っている」

俊平は、笑って二枚目の煎餅に手を延ばした。

「旨い、硬いが、旨い」

吉野が笑って俊平を見かえした。

「玉十郎さんの言うには、琉球舞踊の女性が、なんとも麗《うるわ》しかったそうでございますね」

俊平も、それはそう思うのであった。ことに三味線をつまびいていた愛梨は、話の流れに澱《よど》みがなく、知性もあって好ましい印象であった。

「玉十郎さんは女形なんで、女性の所作はよくわかるらしいんです。みな踊り子は女性の鑑《かがみ》だと言っておられました。大袈裟ですよね。ことに愛梨さんという三味線の女性はなんとも好ましいと」

「はは、玉十郎め。女形のくせに、女の好みとは。奴はやはり男だな」

「それは、そうでございましょう。女形は、男がつとめるので女形でございます」

「そうか」

俊平は、妙に納得して、吉野を見かえした。

玉十郎の、三味線の音がいつしか止まっている。

「こちらにいらっしゃいませんか」

吉野が、俊平を大部屋に誘った。奥の十畳間に移って見れば、稽古を終えた玉十郎をはじめ、綾乃、常磐《ときわ》、志摩も揃っている。

「あ、これは柳生先生」

玉十郎が、俊平を見てにこりと笑った。

「玉十郎。そち、まだ三味線をつづけていたのか」

「柳生先生の鼓《つづみ》とこの三味線だけは、生涯やめられませんや」

玉十郎が細棹《ほそざお》の三味線を抱え込んで言う。

「音曲はあっしの第一の好みなんで。それより先生。あの日はお帰りになった後、〈泉屋〉がだいぶ荒れてしまいました」

玉十郎は、意外な話を語りはじめた。

「じつはあの席に、森藩の久留島光通がやってきましてね」

「なに、あの海賊大名か」

「はい。それも後藤家の番頭ども、多数をひき連れましてね。だいぶ酒が入っていたのか、やたらに威張り散らして、薩摩藩の家臣にまで毒づくしまつで」

「なに。あの薩摩の家臣どもが、たじたじであったのか」

「薩摩藩の島津継豊とも友人のような口の利き方で、家臣どもなど、ものの数じゃないようでした」

「あいかわらずだな、あの海賊め」

久留島光通とは、俊平も熱い戦いを繰り広げた。刃を交えて、立ち合ったことも幾度もある。むろん剣では、相手にはならないが、口だけは達者でその勢いに俊平もいつもたじたじである。

「それで、さすがにうちの大御所も、これには腹を立てはじめましてね。もう帰ると言いだしました」

「そうか。団十郎殿も負けてはおらぬな」

「大御所も、どうにでもなれの勢いで。それに、酒が入っておりましたので、黙れ、ヘッポコ大名どもめ、と言ったもんですから」

「それは、大喧嘩となったな」

久留島光通は、刀を店に預けて二階に上がってきたので、刃物三昧《ざんまい》にこそなりませんでしたが、ほとんど喧嘩のような摑《つか》み合いがつづきました。

「で、薩摩藩の連中は、どうしていた」

「まあ、当然久留島光通のほうについておりましたが、大御所を招待した手前もあり、黙って見ておりました」

「金細工師や踊り子たちは」

「それは、部屋の隅で小さくなっておりました」

俊平は、なんとも大変な夜となったものだな。私は早々に帰ってよかった」

　俊平は、話を聞いて苦笑いした。

「あきれた大名がいたものです」

　綾乃が言って、みなと顔を見あわせた。

　それにしても、久留島光通という大名、瀬戸内の海賊の血が流れているとはいえ、なんとも不敵な男である、と俊平は思う。

「あのような男が、大名として徳川の祿《ろく》を食《は》んでおるとは不思議よな」

「それは、したたかな男でございますよ。あいつのやり口は強者に上手《うま》く取り入って、利を手中に収めるという方法で、その場その場で巧みに立ち回っておるのでございますよ」

　玉十郎が、冷静な口調で分析した。

「薩摩への取り入り方がそうか。なかなかに大人の口を利くの、玉十郎」

俊平が、玉十郎をからかうと、

「これで、下積《づ》みが長うございますれば。苦労を知っております」

ちょっと、得意気に玉十郎が言う。

「はは、そのようだの」

俊平は、もういちどくっくっと笑ってから、

「それにしても、薩摩も後藤も、なにを考えているかわからぬな。これは、こたびのお役目、本腰を入れて取り組まねばならぬようだ」

独り言のように、ぼそりと俊平がこぼせば、

「なんのことでございます？」

吉野が、ふと真顔になって俊平の横顔をのぞいた。

「それでは、柳生さま、庄三郎さまのこと、よく見ていてくださいましね」

雪乃が、念をおしてそう言うと、

「だが、あまり期待せずにおいてくれ。私も一度や二度、人に会っただけで、その人物の腹の内まで見通すほどの力はない」

と、逃げを打つ。

雪乃と吉野は顔を見あわせ、そうは言ってもと俊平に信頼を寄せるようであった。

「ご謙遜を。柳生さまはおとぼけで、なんでもお見通しのお方でございます」

雪乃は、すっかり俊平を頼りきったように見つめるのであった。

三

その男は、一見して羽振りのよい大店の若旦那らしく、そつなく仕事をこなす切れ者のようであった。

顔のつくりは細面《ほそおもて》の瓜実顔《うりざねがお》で、肌は抜けるように白く、双眸はきびきびと動き、俊平を迎えて愛想のよい応対は、悪い印象を与えない。

とはいえ、押しも押されぬ金座の御金改役だけに、大商人らしい落ち着いた風格もうかがえる。

(ほう、これはちとちがう)

俊平は、後藤庄三郎を真っ直ぐに見た。

「柳生様には、初めてお目にかかりまする。ただ、天下の名流柳生新陰流につきましては、かねがね耳にしており、初めてお会いする気がいたしませぬ」

俊平を真っ直ぐに見て、そつなく挨拶するその口ぶりには、一点の淀みもなく、大店の若主人らしい。

「本日は、お近づきの印にご拝領のお刀を飾らせていただきたく、ご用意してまいろうと思いましたが、刀の長さ、大きさによってかたちも変わります。実寸を知りとうございます。よろしければお刀を雪乃にお預けくださりませ。金職人が、規格に合わせてお打ちいたします」

庄三郎はそう言ってから、

「じつは、こういったものをご用意できます」

懐から金細工を取り出し、微笑みながら俊平の前に並べてみせた。

刀の鍔《つば》や小柄《こづか》、切羽《せっぱ》などが、柔らかな革《かわ》の包みから顔をのぞかせる。

「ほう、これは見事な物だの」

俊平は、一つ一つ手にとって眺めた。

「当家は、室町時代より刀剣の装飾品を扱い、これまでさまざまな形のものを作ってまいりました。刀の鍔だけでも大野《おおの》鍔、京透かし鍔、倒卵形《とうらんがた》鍔など、さまざまなものがございます」

「なるほど」

「今でも京の本店では刀剣の飾り物の制作をつづけておりますよ」

「伝統ある後藤家と縁を持つ雪乃は果報者《かほうもの》よな」

俊平は、笑って雪乃を見かえした。

雪乃はむっつりとした顔で押し黙っている。

「ところで、柳生様は雪乃の後見役とのことでございますが、なにゆえ雪乃と」

「じつはな、後藤殿。私は大の歌舞伎好きでしてな、二代目団十郎とは、昵懇《じっこん》にさせてもらっている。芝居見物にもよく出かけてな。ある日のこと、お局様方が町のやくざ者にからまれておられてな。およばずながら、私が助けてさしあげた。あの館の方々とは、それ以来のつきあいでな。以来、家族同様のつきあいをさせてもらっているのだ」

「なるほど、そのようなわけでございますか」

庄三郎は、納得できたらしく、柔らかな微笑みを浮かべて俊平と雪乃を見かえした。

「まこと、雪乃とも、はや長いつきあいとなってしまったものだ」

雪乃が嬉しそうにうなずいている。

「それで、雪乃を後見するために、この私の人となりを、まずは見ておこうといわれるのでございますね」

「ま、そういうことだが、硬くお考えにならずともよい」

「して、私は柳生様のお眼鏡《めがね》に適《かな》いましたかな」

「人物に問題などあろうはずはない。雪乃を幸せにする力はじゅうぶんにあろう」

俊平はそう言ってから、ふたたび雪乃を見やり、

「ただ、これは世の常だが、男というもの、女人には惚《ほ》れるが、一方で厭《あ》きるのも早いもの。末永く、雪乃を大切にしていただきたい」

「はは、その点なれば、私はまず大丈夫。古い家に育ちましたゆえ、何事も大切にし、守り育てる考え方でございます」

「はは、さようであったか。いやいや、これはあくまで世にある話でな。私も今の側室に厭きることはない」

「は、これはご馳走さまでございます」

庄三郎が、雪乃をかえりみておだやかに笑った。

「前妻とは、ゆえあって別れることとなったがな。今でも、時折思い出すことがある。あ、これは、余計なことを申した」

俊平は、苦笑いして頭を掻いた。

「前妻の阿久里さまは、とてもよいお方でして、私どもとも仲良くおつきあいくださ

っております」

雪乃が、俊平の前妻とも親しいことを告げると、庄三郎は、

「ほう、これは驚きました。柳生様の前妻様とも、そなたは、おつきあいいただいておるのか」

珍しそうに雪乃に顔を向けた。

だいぶ、話がうち解けてくる。

「阿久里さまは、伊予松山藩士松平定式さまのもとに嫁いで行かれました。あ、これもまた、余計なことでございますが」

雪乃はそう言って舌を出した。

「はは。よいのだ。私は、いたって堅物《かたぶつ》、妻が忘れられぬのだ」

俊平も正直に言う。

「私も、柳生様にあやかり雪乃を大切にせねば」

「伊予の久松家のことで思い出したが、後藤殿は森藩の久留島光通殿に面識がおありのようだの」

俊平は、ふと思い出したように話を向けた。

「たしかに久留島光通様とは、久しくおつきあいいただいております。森藩は九州な

れど、元は瀬戸内の海賊衆であったとか」

後藤庄三郎は、そう言ってから、ふと怪訝な眼差しで俊平を見かえした。

「いやなに。森藩は、戦国の世では、村上《むらかみ》水軍に属する島海賊の末裔《まつえい》と聞いている」

「いかにも。風変わりな経歴のお方でございますよ。あのお方はたしかに海賊の血を引いてか、気性も荒く、野放図なところもございますが、そこも、慣れてしまえば面白く、気のおけぬおつきあいとなっております」

「はは、海賊の末裔だけに、気性は荒かろうが、たしかに面白い男ではある」

俊平は、かつて争った男を思いかえし、苦笑いを浮かべた。

「柳生様も、ご面識がございますか」

「あ、いや、さほどではないが」

俊平はそう言って庄三郎をうかがい見た。

「久留島光通様は、島津家とも親しく、よく私どももご一緒させていただいております」

「先日は、後藤殿の呼び寄せた琉球の金細工師や踊り子の宴に同席した。その折、遅れて久留島光通殿もまいられたと聞いたが会えずじまいであった」

「はて、柳生様もあの芝居茶屋に？」

庄三郎は、わずかに険《けん》のある表情で俊平を見かえした。

「私は、団十郎一座にもよく出入りさせてもらっている」

「さようでございましたな」

庄三郎は大袈裟に手を振ってうなずいてみせた。

「つかぬことをお訊ねするが、後藤殿は、薩摩藩ともご昵懇だそうな。それはいかなる理由か」

「あ、そのことなれば、串木野《くしきの》金山と申す有望な金山がございましてな」

「ほう、串木野金山でござるか。聞かぬ名だが」

「公式には、芹ケ野《せりがの》金山、荒川《あらかわ》金山、羽島《はじま》鉱山、芹場《せりば》鉱山などの総称で呼ばれておりました」

「ほう、有望な金山なのですか」

「鉱脈が発見されたのは、鎌倉《かまくら》時代とも言われておりますが、なかなかのよい金山と聞いております。幕府もむろん承知で、採掘《さいくつ》を奨励《しょうれい》した時期もありましたが、幕府も島津家があまり財力を付けては困るのか、ある時期に採掘の中断を命じ、以来、薩摩藩は採掘をやめております。ただ採掘中は、産出した金を数代前から私ども後藤家に持ち込まれ、それ以来当家との関係を保っております」

「なるほど、合点《がてん》いたした。そのような経緯がござったか」

「なにか」

「いや、〈泉屋〉に後藤家の大番頭どのも来ておられた」

「はい。当家も、金の加工品の制作を請け負っておりますゆえ、一時、関係ができ、以来、薩摩藩とはご交誼《こうぎ》をたまわっております」

「いずこも、金細工となると後藤家を頼るようだな」

「私ども、金の工芸品をつくる技術では、いずこにも負けぬ誇りがあります。金細工では我ら、柳生様は剣では本邦随一、お互い切磋琢磨《せっさたくま》する関係ができればよいと思うております」

「これを機会に、よしなにおつきあいくだされ」

後藤庄三郎は粗野な海賊大名とよしみを通じる人物とは思えぬ、そつのない口調で話をまとめた。

「こちらこそ、よしなに頼みます。雪乃は、我が娘のような思いでおります。雪乃のこと、ぜひともよろしくお願いいたします」

俊平は、ひとまず後藤庄三郎の人物像に触れたことに満足して、ゆっくり雪乃を振りかえり、頭を下げた。

「柳生様、そのような真似をなさらずに。私こそ、雪乃の後見役という柳生様のお気持ちを大事に思い、お話をうかがうことを愉しみにしております。お話をお聞きして、雪乃を大切に遇していきたいとあらためて思いまする。今後とも、どうぞ宜《よろ》しくお願いいたします」

庄三郎もまた、俊平に向かって丁寧に頭を下げる。

「柳生様、ご差料につきましては、ぜひとも寸法を詳しく知りたく存じまする」

「そうであったな。されば、雪乃に手渡すこととする。後藤家の刀飾り、喜んで頂《ちょう》戴《だい》いたそう。重宝《ちょうほう》させていただく」

「雪乃と住むことになります本所の家を正式に借り受けてまいりました。今日は絵図面を持参いたしました」

庄三郎は微笑みながら、肩幅ほどの大きな家の見取り図を広げてみせる。

女一人が住むにしては、二部屋もある豪奢《ごうしゃ》な造りで、雪乃もこれには満足しているようであった。

「ささ、これからは、久しく飲み明かしましょう」

庄三郎は手をたたき店の女を呼び寄せると、新たな酒を追加した。

待たせていた大番頭を俊平に紹介し、両者が茶屋〈橘《たちばな》〉を後にしたのは、それから半刻（一時間）ほど後のことであった。

「狸《たぬき》め、まだ正体は現さぬか」

商家に向かう二人と別れ、俊平は一人ほくそ笑み藩邸への道を急いだ。

第三章　密会

一

「串木野金山につきましては、じつは幕府も多少は摑んでおるのでございます」

俊平から、茶屋での後藤庄三郎との接触を伝え聞いた遠耳の玄蔵は、薄く笑って意外なことを言った。

神田鎌倉河岸にある小さな煮売り屋で、二人は落ち合っている。

煮売り屋は、この当時総菜《そうざい》を売り、それを肴《さかな》にして店先で酒も飲ませる店で、いわば居酒屋の走りのようなものとして、町の男たちにとっての恰好《かっこう》の酒どころとなっている。

だが、その煮売り屋は一風変わっていた。

材木商が軒を連ねる大通りからは、しばらく内に入ったところにある店なのだが、薩摩出身の料理人がおり、数点、琉球料理も提供するというので、物好きの食通が時折遠方からも集まってくるのであった。

玄蔵が、俊平をこの店に連れてきたのはわけがある。

他でもない、後藤家で小判の改鋳に余念のない琉球の金細工師らが、この店に故郷の味を求めて、こっそり食べにくることを知ったからである。

その日も、手狭なその店の内には数人の先客があり、薩摩焼酎を片手に薩摩風の味の濃い蒲鉾《かまぼこ》をつまんでいる。

「ここの変わり種は、蒲鉾を油で揚げたものなのでございますよ。琉球に清国から入ってきた揚げ物料理でしてね。ちょっとおつなものでございます」

玄蔵の勧めで、俊平も揚げた蒲鉾を食べてみた。

「なるほど、これは食べたことのない味だな」

するすると、いくらでも口に入ってしまう。舌に馴染む味なのであった。不思議に油っこさがない。

店のおやじが嬉しそうにこちらを見ている。

「さっきの話だがな、玄蔵。串木野金山は、薩摩藩ではまだ採掘中なのか」

「それが、どうもはっきりしないんですが、あっしの見るところ、どうもこっそり採掘をつづけているようです。とは言っても遠国御用《おんごくごよう》の仲間の話では、今はもう大した量は採れておらないようですが……」

玄蔵は、揚げた蒲鉾を一気に口に放り込んで言った。

「それで、幕府はお目こぼしというわけだな」

「まあ、そのようで」

玄蔵は唇をちょっと歪めて焼酎を咽の奥に流し込むと、

「まあ、おひとつ」

と、その薩摩焼酎を俊平にも勧めた。

「むろん、諸藩がこっそり金貨の製造を始めては、統一した通貨政策が取れなくなりますので、幕府としては、ひと言《こと》いいたいんですが、そのあたりは駆け引きで」

「なるほどな」

俊平がにやりと笑って、蒲鉾をつまむ。

「この店には、琉球の地酒もございますよ。御前、飲んでみてはいかがで」

「泡盛があるという話だな」

「そうなんで。ぜひご賞味くだせえ」

俊平の返事を聞くより早く、玄蔵は親父にその酒泡盛を注文する。よほど気に入っているのか、玄蔵は俊平に飲ませたくてしかたがないらしい。

親父が、古びた土瓶《どびん》にたっぷり入った泡盛を両手で抱えて運んできた。

「これは、泡盛のなかでも古酒《こしゅ》と言われるものでして、ちょっと強うございますが、たしかに飲みごたえは別格でございます」

「ほう、強い酒か。なに、大歓迎だ」

俊平が口元を引き締めて言えば、

「さようですか……」

玄蔵が、ちょっと心配顔になって俊平の茶碗に泡盛を注ぐ。

「どれ」

俊平が唇を寄せ、一気に茶碗の酒を咽の奥に流し込むと、咽から胃の腑にかけて焼けるように熱い。

俊平が目を瞠《みは》り、唸りそうになるのを堪《こら》えて玄蔵を見返せば、玄蔵はにやにや笑っている。

「強い酒でございましょう」

「だが、旨《うま》い」

俊平は、いま一杯と玄蔵に茶碗を差し出した。

と、暖簾《のれん》を分けて、二人組の職人風の男が店に入るのが見えた。

一人は風変わりな頭巾《ずきん》を被っている。地味な緑の地に、蔦《つた》の図柄がいっぱいに描かれている。

「あ、甚《じん》さん、ここだ」

玄蔵が、声を上げて、小さな髷《まげ》の乗ったもう一人に声をかけた。

甚さんと呼ばれた男は、もう一人の連れを振りかえった。

男は遠慮がちに甚さんの後につづいて店に入ってきた。

こちらは、こうした店が初めてらしく、押し黙って顔も伏せがちである。

甚さんと呼ばれた男も、玄蔵に微笑んで相席の俊平にも会釈した。二人とも、職人風の男で、どちらも同じ職場の人間らしい。

「さあ、あんたもこっちへ」

甚さんが、もう一人の男を呼び寄せた。

「この人は、琉球の金細工師でね。我達《がたつ》さんという」

甚さんが、その男を二人に紹介した。

「私は、甚平《じんぺい》と申しやす」

甚さんが、俊平に自己紹介する。

「我達さんか。変わった名前だな」

「べつだん変わっとりゃせん」

男が憮然としてそう言い、俊平をキッと見かえした。

「これは、失礼したな。琉球の人の名は、琉球では当たり前なのであろうな」

俊平は、苦笑いして首を撫でた。

「私は柳生と言う名だ。柳の木が繁る、というほどの意味だ。考えてみれば、妙な名だな」

俊平がとぼけた調子で言うと、我達は初めてくすっと笑った。

「あんた方のつくった金の細工を見せてもらったことがあるよ。あれは、じつに見事なものだった。私の妻にやったが、私などには、もったいないと言って使ってくれん」

「いいや、使ってほしい」

我達が、真顔になって俊平に言った。

「私らの作る飾り物は、決して贅沢品じゃねえ。女の人は、誰しも美しくなる。それを補《おぎな》うだけのものだ。美しい人には、神が宿る」

「神か。どのような神だ」

「天地の、八百万《やおよろず》の神が宿るのさ」

我達が、俊平を見かえし笑った。

「琉球にも、神々はあまたおわすか」

俊平は、また日本人の金細工師に酒を向けた。

「琉球の酒だ。飲んでみるかね」

「ああ、ここに来る以上は、ぜひ飲んでみてえと思ってた酒だ」

嬉しそうに茶碗で受けて、甚平が泡盛を口に運ぶ。

「あ、こいつは！」

甚平が目を丸くした。やはり初めて飲む泡盛は強いらしい。それを、琉球の金細工職人が見て笑う。

「琉球じゃ、これくらいの酒は、みな、あたりまえのように飲んでいる」

「ほう、みな強いのだな」

「慣れだろうよ」

我達が笑って言う。

「いやァ、あんたと知り合えてよかった」

俊平が、我達にそう言うと、

「なんでだね」

いぶかしげに、我達が俊平をのぞき込んだ。

「この人は、琉球の金細工に入れ込んでいてね」

玄蔵が、横から話に割って入った。

「なにせ、奥方にも髪飾りを贈って付けさせようとしたくらいだからね」

そして、我達に俊平を紹介した。

「この人は、幕府の旗本だよ。だが、決して怖い人じゃない」

「私は薩摩藩とは随分ちがうのだ。芸事を趣味にして生きている」

「へえ、芸事に」

我達が、面白そうに俊平を見た。

「どんな髪飾りだった？」

「黒の地に、細かい金の細工が入ったやつだ」

「ああ、それなら、おれがこっちに来て作ったもんかもしれねえ」

我達が、ちょっと誇らしげに胸をそらせた。

「そうかね。あんたが作ったとは知らなかったぞ。妻は大切にしてる、大切にしすぎてね、私にはもったいないなどと言って滅多《めった》につかわない」

「琉球の金細工は、日本の金細工とはちがうものさ。もっと精巧で、見た目も艶やかだ。王室が護ってきたものだから、豪華さがちがう」

我達は、俊平に褒《ほ》められて嬉しいのだろう。滔々《とうとう》と語りはじめた。

「なるほどな」

「あの夜、宴の席で見た踊り子の衣装も豪華であったな」

「ああそういえば、あんたはたしかあの席にいたな」

我達が、俊平をもういちど見て、思い出したよう言った。

そういえば、俊平も我達を見た覚えがある。

「踊り子とは、少し話をしたよ。それにしても、あの夜の宴は、愉快だったよ。後藤家の大番頭が、島津藩の連中に付いてきた。あんたたちも、踊り子も島津の侍が誘い出したのだろう」

「そうさ」

甚平が、我達に代わって言った。

「あいつらは妙に仲がいい。特別の仲なのさ」

甚平が、にやりと笑って言う。

「ほう、特別か」

俊平が、甚平の顔をうかがった。

「後藤家には、よく島津の侍がやって来る」

「それほど、よく来るのか」

玄蔵が、甚平に問いかけた。

「ああ。南の端の外様《とざま》大名と、幕府の金座を代々あずかる後藤家が、どうしてそれほど仲がいいのか、おれにもよくわからねえんだが」

「なるほどな。たしかに妙といえば妙な話だ。こたびも、薩摩がかかわりを持つ琉球王国の金細工師を、人出の足りない後藤家に紹介したわけだ。よほど親密と言わざるを得ぬな」

俊平も、そう言って首を傾げた。

「そうだ。そういえば、いまひとつ、よくわからないことがある」

俊平が、甚平に泡盛の酒を注ぎながら訊ねた。

「なんでえ」

「後藤家は、小判の鍛造については、幕府の御用を一手に握っている名家だったな」

「そうさ。それが、おれたちの日々の仕事さ」

「だが、勝手に金細工品を作るだけの金が、そんなに余分に出てくるのかい」

「たしかに余りが出たら、それを集めて小判を作るために使うのが筋だ」

「幕府はそう命じているはずだよな」

俊平も茶碗を持つ手を休めて言った。

「そりゃ、そうだ」

「小判を溶かした金とは別に、多少の金の蓄えがあるのかもしれねえな。おれたちゃ、それについては、正直よくわからねえ。それに、いつも金の塊《かたまり》を目の前にしているおれたちにとっちゃ、どこまでが小判を溶かした金か、蓄えていた金か、わからなくなっている。後藤家には、なんだか金が沢山《たくさん》あるもんだ、と思って見ているだけさね」

「そういうものだろうな。それにしても、後藤家には金がふんだんにある。あの〈泉屋〉の宴で使われていた酒器の数々には、目を瞠ったものだった」

「後藤の若旦那は、先代とちがってああいうひけらかしをする。危なっかしいもんさ」

甚平が言って顔をしかめた。

「まあ。こうした話は、こんなところで酒の勢いで言っちゃいけないこったが」

甚平が、ちらと俊平と玄蔵を見かえして言った。

「まあ、いいだろう。おれたちは口が硬い。誰にもしゃべらねえよ」

玄蔵が苦笑いして言った。

「薩摩は、おれたちも嫌いだよ」

我達が顔を曲げて言った。

「琉球は決して日本のものじゃねえ。だが、今じゃまるで薩摩の持ち物のようになっている」

「そうか。薩摩の持ち物か。それほど、琉球を専横《せんおう》しておるとは知らなかった」

俊平が、我達の歪んだ顔をのぞいた。

「まあいい。言うだけ言った。黙っていりゃ、かえって辛《つら》くなるからな」

甚平が、我達の肩をたたいて慰めた。

「そういえば、〈泉屋〉の宴は、私が帰ってから、ずいぶん荒れたようだな」

俊平が、話をあの夜の宴に向けると我達はさらに膝をつめた。

「そうさ。あの海賊野郎が来て、あまり威張りやがったもんだから、歌舞伎の市川団十郎さんと喧嘩になった」

我達が、憤然《ふんぜん》として顔を紅らめた。

「久留島光通の先祖は、まことに海賊だったのだな」

俊平が、言って苦笑いした。

「琉球近辺を、荒しまわったこともあるんじゃないか」

我達が言う。

「それで、海賊大名も後藤家にはよく来るのかい」

玄蔵が、甚平に訊ねた。

「ああ。親方と久留島は昔から仲がいい。よく遊びに来てる」

「ほう」

俊平と玄蔵が、顔を見あわせた。

「どうも、後藤庄三郎という男、おつにすましているが、なにをやっているのかわからぬところがあるな」

俊平が、指で顎《あご》を抑え、唸るように言った。

「まあこれ以上、他所《よそ》のお方に、内輪のことをべらべら話すわけにもいかねえが」

甚平はそう前置きしてから、

「まったく、酒が入るとついしゃべりたくなるぜ」

「なら、話しな」

玄蔵が、笑って甚平を促した。

「それにしてもあんたは、変わった人だね」

甚平が俊平をうかがうようにして見た。

「役者連中とつきあったり、町の遊び人の玄蔵さんと飲み歩いたり、うちの親方みたいに遊び人のようだが、見たところはお侍だ」

「なに、私は何にでも首をつっ込む男でね。芝居の連中には、茶と花、それに鼓を教えている。暇な男さ」

「そうかい。あんたは、芸事の達人なんだね」

「まあな」

俊平が甚平に笑いかえしたところで、店の門の蔭に三人の女の姿がある。

町人女の装いではあるが、一人は頭に我達のように頭巾を被っている。見たことのある女たちであった。一人は、俊平も〈泉屋〉で話をした愛梨である。

「愛梨さま、こっちです」

我達が、三人に手招きした。

どうやら琉球の踊り子たちらしい。

酒を出す店に、女が入ってくるのはめずらしく、客が三人を見かえした。女たちは、遠慮がちに男たちの席にやってくると、俊平と玄蔵に挨拶をした。

愛梨一人が、俊平であることに気づき微笑んでいる。どうやら、女たちは酒を飲みに来たのではなく、薩摩出身の店主が片手間に作る琉球の料理を食べに来たらしい。

「なに、大したものが出るわけじゃないんだが、国を離れて長いからね。つい食べたくなるのさ」

我達が、三人に代わって言った。

「香辛料を、島から持ってきたんですよ。それで、ここの親父につくってもらっているんでさ」

我達が、女たちがこの店に訪ねてきた目的を、俊平と玄蔵に話して聞かせた。

「琉球そばも、野菜の炒めものも、かなり向こうの味になってる」

我達が満足げに言う。

「そいつはいい、琉球料理をいちど食べてみたいものだ」

俊平が相好《そうごう》を崩して、親爺に目を向けると、親爺は任せておけ、とうなずいた。

「ぜひ、食べてみてください」

愛梨が、嬉しそうに言った。

「ところで、あなた方はどこに宿泊しているんだね」

玄蔵が、踊り子二人に訊ねた。

「あ、ご紹介します。こちら砂輝《さき》さんと波那《はな》さんです」

愛梨が、二人の踊り子を俊平と玄蔵に紹介した。

「後藤家に、一室をもらっています」

砂輝が応えた。

「踊りを、金細工師に毎日見せてやっているのかね」

俊平が訊ねた。

「ええ。毎日のように。私たちの踊りが故郷をしのぶ唯一のよすがで」

波那がそう言ってから、

「それに、たまに薩摩藩と親しい大名屋敷に呼ばれて行くこともあります」

と砂輝が言った。

「ほう、どこの藩だね」

俊平が、愛梨にちろりの酒を傾けて訊ねた。

愛梨は、拒むことなくそれを口に運ぶ。

「先日は、森藩というところへ」

波那が言う。

「なに、森藩だと？」

玄蔵が、驚いて俊平を見かえした。

「この間、〈泉屋〉にきて、団十郎さんと喧嘩をしたあの大名の藩です」

愛梨が、顔を歪めて言った。

「知っている。そなたら、あの海賊大名のところで踊ったのか」

俊平が、驚いて問いかえした。

「ふざけた大名でした。一緒になって踊るんですが、まるで蛸《たこ》が踊っているようでめちゃくちゃなんです」

「はは、そうだろう」

俊平が、玄蔵と顔を見あわせて笑った。

「それに、断りなく身体を触ってくるんです。おぞましい」

波那が言う。

「なんとも、野卑《やひ》なお方でございます。私はあまり好きになれません」

愛梨が、そう言って、険しい顔をしてうつむいた。

俊平は、さもありなんと苦笑いした。

「〈泉屋〉では、相当に暴れていたらしいな」

「団十郎さまは、摑みかからんばかりになって、一時はお店が騒然となりました。団十郎さまはそれでも大人だから、上手に喧嘩は避けたものの、どちらも言いたい放題でございましたよ」

「はて、なんと申したのだ」

　俊平が面白そうに訊ねた。

「大根役者とか、厚塗りのお化けとか」

難しい言葉がわからない愛梨のために、俊平は日本の言葉がわかるよう気づかって言った。

「あの隈取《くまど》りを、そう申したのだな」

　俊平は、玄蔵と笑いあった。

「だが、あのような男と薩摩の島津継豊が昵懇というところがようわからぬ」

　俊平が首を傾げた。

「身勝手な連中でやんす。おそらく、おたがい利益で結びついているのでやんしょうな」

　甚平が言った。

「そうであろう。ならば、後藤庄三郎と薩摩藩も、利益で結びついているということになる」

「おそらく」

玄蔵がうなずき、俊平を見かえした。

「だが、その互いの利益が、何なのかがわからぬな」

俊平は言って、泡盛の入った茶碗を置いた。

「そう。その前日は、柳河藩《やながわはん》のお屋敷でしたね」

愛梨が、思い出すよう言って、二人の踊り子を見やった。

「なに。柳河藩にも行ったのか」

「あの藩をご存じでなんですか」

愛梨が、驚いて俊平に訊ねた。

「よく知っている。あそこは、どうであった」

俊平は意味深げに二人をうかがった。藩主立花貞俶《さだよし》とは昵懇で、同じく親しい妙《みよう》春院《しゅんいん》の兄に当たる。

「礼儀正しく、私たちの踊りをしっかり見てくださいました」

「さすがに行儀のよい藩主だ」

俊平は、安堵して笑った。やはり海賊大名久留島光通のところとはちがう。

「大きなお屋敷でした。歓迎をされ、美味しい料理も沢山いただきました」

砂輝が愛梨と目を見あわせて言う。

店主が、草臥《くたび》れた盆にこれまで嗅いだことのない強い匂いの野菜の炒めものと、風変わりな蕎麦《そば》を運んでくる。二人の踊り子は、嬉しそうにそれを口に運びはじめた。

「久留島光通は、他になにか言っていたか」

「あたくしたちの踊りは、つまらぬと」

砂輝が言えば、波那も同意した。

「欠伸《あくび》が出るなどと」

「凪《なぎ》の海を見ているようで、動きがなく、面白うないと言うのです」

愛梨が、苦笑いを浮かべて言い足《た》した。

「なにも、知らぬのであろう」

「法螺話ばかりしておりました。清国などは、大国とはいえども力はない。おれに十隻の戦《いく》さ船《ぶね》をくれれば、あの国など一気に平定してくれるなどとも」

「ほう、大きく出たものだな」

「そう思いますが、琉球のことは、よく知っておりました」

愛梨が言う。

「ならば、あ奴、琉球まで足を延ばしたことがあるのであろうかな」

「それはわかりませんが、琉球が薩摩藩の下にあるのはよいことだと」

「小癪《こしゃく》な奴め」

「その他、琉球国の風習もよくご存じで」

「さすが、海賊大名の異名をとる久留島だ」

「琉球との交易は、薩摩藩のみに許されておりますが、むろん森藩には許されておりません」

玄蔵が渋い表情で言った。森藩が琉球まで出張《でば》っていることを玄蔵は確認しているらしい。

「これは、問題となるな」

泡盛が強いせいか、酔いのまわりが早い。

「今宵は、気持ちよく酔ったな」

俊平が言った。

女たちも、屈託《くったく》なくくつろいで、南国の女らしく旺盛《おうせい》に飲み食べる。

「今宵は、いろいろよいことを教えてもらった。また、たびたびこうした話の場をつくらぬか。琉球の話には興味がある」

そう言って俊平が琉球の男女を見わたせば、

「これくらいのことなら、いくらでもお話ししますよ。薩摩藩の人間も、森藩の人間も、あたしたちは大嫌い。あの人たちを肴に笑えるのなら、何でも話します」

女たちが口を揃えて言った。

ふと店を見まわせば、酔客がめずらしい琉球の女たちの話に聞き耳を立てている。話が面白いのだろう。一人で飲む客も退屈しないらしい。

「皆の衆、こちらははるばる琉球から訪ねてきた踊り子のみなさんたちだ。せいぜいよしなに頼むよ」

玄蔵が酔客に声をかければ、みな紅ら顔で、

「こっちこそな」

茶碗酒を高く挙げて、笑顔を送るのであった。

店を出た七人は、また飲もうと約束しあって別れた。

「玄蔵、今宵はよい話が聞けた。これはそなたの手柄だ」

俊平が、その肩をたたけば、

「いやあ、それほどのこともございませんが」

玄蔵は、めずらしく素直に笑い、酒の残る頭をぼりぼりと搔いた。

二

「登城の折、あいにく他の大名と行列が重なってな」

一柳頼邦は、渋い顔で柳生俊平と立花貫長の顔を見まわした。

深川の茶屋〈蓬萊屋《ほうらいや》〉に集まった菊の間詰めの一万石大名の柳生俊平と立花貫長、それに一柳頼邦の三人は、さっそくご贔屓の芸者梅次《うめじ》、音吉《おときち》を呼んで、浮世を忘れたとりとめもない雑談に興じはじめたが、今日の一柳頼邦は機嫌が悪い。朝の登城で、桜田門外《さくらだもんがい》で他の大名と諍《いさか》いが生じたという。

この桜田門外ではよくこうしたことが起こり、気の強い大名は、他の大名の行列を圧するようにして先を急ぎ、反発と怨嗟《えんさ》を買うこともしばしばという。

時に喧嘩沙汰《ざた》も起こるが、城内で刃物三昧《ざんまい》に及べば切腹処分となるだけに、いずれもぐっと自重し、結局どちらかが折れるかたちとなる。

その日一柳頼邦は、運悪く豊後森藩一万二千五百石久留島光通と行列が重なってしまったという。

「よりによって、あの海賊大名と争うたか」

立花貫長が、哀れむような眼差しで頼邦を見かえした。気の小さな一柳頼邦だけに、さぞや久留島光通に圧倒され不愉快な思いをしたであろうと推察したのであった。

「いや、こたびは私も負けてはおらなんだぞ」

意外にも、頼邦は唇をへの字に曲げて言った。

「されば、おぬし。あ奴と対決したのか」

「そうだ。決して譲らぬ覚悟であった。わしの行列のほうが、先に来ていたからの。譲ってたまるものかと思うた」

「ふむ、その意気だ。だが、相手があ奴ではさぞやもめたであろうな」

俊平が、怒りで顔を紅く染めた頼邦の顔をうかがった。

「まあな、相手は、いまにも刀を抜くような険悪な気配とあいなった」

「まあ」

女たちが、恐ろしげに顔を見あわせた。

「ふむ。して」

立花貫長が、身を乗り出して頼邦に訊ねた。

「だが、城内で刀を抜いてしまっては、腹を切らねばならぬことになる。双方がまずはぐっと自重し、睨みあった」

「うむ」

貫長が俊平と顔を見あわせた。

「して、どちらが譲った」

俊平が訊ねた。

「うむ。私が先に登城したよ」

「おお、よくやった。だが、信じられぬな。あの男がよく譲ったものだ」

「私が、先に来ていたのだからの」

一柳頼邦が、苦笑いして言った。

「だが、あ奴め、だいぶ腹に怒りが溜まったであろうな」

「そのことだ。嫌がらせがつづいている」

頼邦がここで顔を曇らせた。

「嫌がらせ？　どのようなことだ」

俊平が、眉をひそめて頼邦をうかがった。

「彼《か》の藩の者が、我が藩の家士を追いまわし、たびたび絡《から》んでくる」

「そのようなことをするのか。しつこい奴らだ」

貫長が、怒りの顔を頼邦に向けた。

「貫長。おぬしがそのように怒って、どうする」

俊平が、笑って貫長を抑えた。

「双方、刀の柄に手を掛けるまでに対立したこともある」

頼邦が、声を震わせて言った。

「まあ城外であれば、藩主切腹まではいくまいが、下手《へた》をすれば御家お取り潰しとなるぞ」

俊平が、注意せよと頼邦の腕を抑えた。

「わかっておる。我が藩士もそれは承知ゆえ、ぐっと堪えたが、なにしろ、質《たち》の悪い荒くれ海賊どもだ。なかなかあきらめぬ」

頼邦は、苦々しげに顔を歪めて猪口の酒をグイとあおいだ。

「なかなか止《や》めぬのか……」

俊平が、あきれたように言った。

「まだ、つづいておる」

「その森藩のご藩主久留島光通さまなら、今、お見えですよ」

いちばん歳若い芸者音吉が、貫長の隣でいきなり大きな声をあげた。

「なに、この店にだと！」

頼邦が激怒して顔色を変えた。怒りにまかせて立ち上がろうとする。

「止めよ。頼邦」

俊平と貫長が左右から頼邦の腕を押さえた。

「だが、おぬしを追ってここまでやってきたのではあるまいの」

立花貫長が目を剝《む》いて訊ねた。

「いえ。久留島さまは、ご贔屓の芸者がいるのですよ。ねえ、お姉さん」

音吉が、同意をもとめるように梅次に言った。

「そうでしたね。たしか、染太郎《そめたろう》さんがご贔屓でした」

梅次は、苦笑いして頼邦の顔をうかがい見た。

俊平も頼邦の顔を見た。

頼邦はグッと怒りを耐えて、震えている。

染太郎は頼邦の贔屓の芸者でもある。

そういえば、三大名が〈蓬萊屋〉を訪ねて来ても、このところ染太郎は姿をみせる機会が減っているような気がする。

「染太郎は今、久留島光通のもとにおるのか、音吉」

頼邦が、怒りに震える声で訊ねた。

「は、はい。たぶん……」

音吉が、首をすくめた。

「呼んでまいれ」

「でも、それは、ちょっと……」

音吉が、また首をすくめて梅次をうかがった。先客に付いた芸者を、こちらの座敷に呼びつけることはできない。

「すみません。それはちと無理ですが、久留島さまがお帰りになったら、すぐ来るよう申しつけておきます」

梅次が、頼邦をなだめるように言った。

「しかたない。それにしても、なんとも小癪な奴よ。話に聞けば、あの男は琉球の踊り子を追いかけまわしているというが、気の多い奴だ」

「海賊は、なんでも人の持っている物を欲しがる。時に、略奪してでも奪い盗るものだ。決して張り合ってはならぬぞ」

俊平が、頼邦をなだめると、

「よいのだ。もはや、生きていく愉しみさえ失ってしまった」

頼邦が、目を瞑《つむ》り、呻くように言う。

「まったく、大袈裟なことだ」

立花貫長が、頼邦の小鼠《こねずみ》のような顔を見て笑った。

「それにしも、あの久留島め。なぜいつも、あのように強気一点張りでいられるのであろうの」

貫長が、首を傾げて俊平を見た。

「考えてみれば、あ奴は弱い立場に立ったことがない。つねに強い者に付いている。そして、その背後から顔を出し、強がってみせているのだ」

「なるほど、そういう仕組みか。姑息《こそく》な奴よ。ならば、あ奴がいま頼りとするのは」

「それは、薩摩藩であろう。島津継豊は、いわばあ奴の庇護者《ひごしゃ》だ。久留島は継豊の第一の乾分なのだよ」

貫長が言う。俊平が、くすくすと笑った。

「だが両者の縁は、どこから生まれておるのであろうの」

立花貫長が箸を置き、ちょっと考えてから首を傾げた。

梅次が、笑って貫長の盃に酒を注ぐ。

「我が三池藩も、西国九州では薩摩藩からほど遠からぬところに位置しておる。薩摩藩は同じ江戸留守居役《るすいやく》同盟に加わっておるが、それほど昵懇というわけではない。久留島も同じ九州だが、妙に昵懇だ。両者を結びつけておるものは、果たしてなんであろうな」

「さて、私にもそれはわからぬ」

俊平は、そう言って顎を撫でた。

「薩摩藩も、したたかな藩でございます。海賊とつきあうのは聞こえも悪いはず。それでもつきあいをつづけているというのは、よほど益になることがあるのではございませんか」

梅次が、年増《としま》らしい鋭いところを見せて言った。

「そのことは、これまで何度も考えてみた。だが、それがわからぬのだ」

貫長は、なおも納得がいかず考え込んだ。

「海賊の末裔であれば、秘かにまだ海賊めいたことをしているのかもしれませぬな」

梅次が、ふと思いついたことを言って笑った。

「だが、たかだか一万二千五百石の小藩だぞ。いったい何ができる」

俊平が、梅次を見かえした。

「まあ、それはそうでしょうが。それを申せば、柳生様だって立花様だって、一柳様だって同じこと」

「はは、我らは一万石、一万石。それでも、したたかに生きておるわ」

立花が、膝をたたいて笑った。

「一万二千五百石とて、それなりの動きができぬわけではない。海賊など、船が一艘《いっそう》あればできるぞ」

「うむ。それはそうだ。そう言えば、琉球の事情をじつによく知っておった。あ奴め、海賊として琉球あたりまで出張っておるのかもしれぬの」

貫長が、納得して言えば、

「うむ。それは、大いにありうる」

と、頼邦も同調した。

俊平は、とうにそう思っており、両者の話を聞いてにやにやと笑った。

だが、話はそこまでで、それから先は三人にも想像もつかない話となってしまう。

「それにしても、一柳さま。ご心配でございますね。相手は海賊、それに後ろ楯に薩摩藩までついているとなると、なかなか太刀打ちができません」

梅次が、哀れむように言うと、

「いや、そこまでのこともないぞ」

「小松藩とて、天下の一万石だ」

俊平が言って、頼邦の肩をたたいた。

「なに、負けはせぬぞ。一柳殿には、我らがついている」

貫長も、頼もしげに言って声を強めた。

「そうだ。我らの一万石同盟はそのためにある。三人が力を合わせれば、なんの海賊の一人や二人」

「まあ、その意気その意気」

梅次が手をたたけば、音吉が面白そうに銚子《ちょうし》を振って二人に酒を注いだ。

三

その翌日のことであった。柳生の庄から届いた柿の葉を、鮓《すし》づくりのために使ってほしいと実家の小松藩邸に届けに行った伊茶が、大変なことをしてしまったと、侍女の松原《まつばら》ら女三人が駈けもどってきて俊平に報告した。

「伊茶さまが、お一人で嫌がらせを受けた小松藩士を助け、森藩の荒くれ侍を懲《こ》らしめ撃退なされたのでございます」

「なに、懲らしめた⁉」

俊平が、玄関まで血相を変えて飛び出すと、一緒に行った女たちが誇らしげに若党と話をしている。

「して、伊茶はいま何処だ」

「ただいま、小松藩邸でお休み中でございます」

侍女の松原が言う。

「しかし、伊茶は刀も持たず、留袖姿《とめそで》で出かけたはずだが……」

「はい。されど、相手の刀を鞘《さや》ごと奪い取り、難なく打ち据えられましてございます」

松原が得意気に言った。

「なんと……」

俊平は、啞然《あぜん》として口をつぐんだ。

「ほんとうに、お強うございました。惚《ほ》れ惚《ぼ》れするくらいで」

満面の笑みを浮かべて、松原が言う。

「して、伊茶に怪我はなかったのか」

「もつれあった時に、少々肩を打ったとのことでございますが、むろん深手ではござりませぬ」

「しかし、伊茶もようやってくれたものよの」

あらためて吐息を漏らし、事情を聞いてみると、このような状況だったという。

小松藩士三人が外出先から藩邸にもどろうと近くまでやってくると、いきなり物陰から森藩の藩士八人が飛び出し、挑みかかって殴る蹴るの狼藉《ろうぜき》、三人は半死半生で藩邸に帰ったという。

それを知って、伊茶が激怒。単身森藩士の後を追うと、運よく自邸へもどる途中の藩士に追いつき、なにゆえ狼藉をはたらいた、と問い詰めた。相手は女ひとりと侮《あなど》ったか、伊茶に手をかけんとしてきたので、新陰流柔術《じゅうじゅつ》にて投げ飛ばすと、カッとなった相手は、鞘ごと討ちとりにかかってきたので、その刀を奪い鞘で打ちすえてしまったという。

「なるほど、それは見事であったが、すると、これより後は只《ただ》ではすまぬの」

俊平は血相を変えて唸り声をあげた。

だが、もはや後もどりはできない。

やられた森藩側は、黙ってはおるまい。激しい藩同士の激突が予想された。

「とまれ、迎えに行ってやらねばならぬの」

俊平は、急ぎ小姓頭の森脇慎吾《もりわきしんご》を呼び、若党数名を集めて、愛宕下佐久間小路《あたごしたさくまこうじ》の小松藩邸へと向かった。

「おお、柳生殿か――！」

小松藩では、藩主一柳頼邦が、自ら俊平を玄関に出迎えてその手を取った。

「妹を、そなたの藩邸に送り届けるつもりであったが、じつのところ、我が藩には腕に自信の者が多くはなくてな。まずは、しばらく休ませていた」

一柳頼邦は、情けなさそうに言った。

「よいのだ。荒くれ者ばかりを集めた森藩と、喧嘩のできる藩などそうはあるまい。それに、両者が町中で激突し、白刃《はくじん》を振るって斬り合うことにでもなれば、小松藩もお取り潰しはまぬがれまい」

「それは、まあそうだ」

頼邦は納得した後、肩を落とした。

「伊茶に復讐《ふくしゆう》しようと森藩士たちが集まっているゆえ、若党を数人連れてまいった」

むろん伊茶なら、それらの者も上手にさばけようが、いちおう用心のためである。

「あの者らは心得ておる。決して刀は抜かぬはずだ」

俊平は、付いてきた若党を振りかえった。その手に握りしめているのは白木の木剣である。

「なに、いざとなればあれでじゅうぶんだ。それに白刃を翻《ひるがえ》して争えば、死人も出よう。藩も潰れる。そのようなことはできぬ」

屋敷内に入って伊茶と再会すれば、伊茶は茶を飲み、柿の葉鮓の作り方を女たちに指導しているところであった。

俊平は、伊茶の落ち着きぶりに拍子抜けした。

「どれほどのこともございません。お迎えにまいられることもございませんでしたのに」

伊茶のけろっとした表情に安堵して、久しぶりに小松藩の主従と談笑していると、門前になにやら人影が蠢いているという。

「やむをえぬな」

俊平は、伊茶と若党数名を残し、単身門外に飛び出した。

争いを抑えるためである。無腰であった。

すでに陽は西に傾きかけており、茜色《あかねいろ》に染まった夕空がいやに紅い。

「殿――」

若党が俊平を追って来た。

「来るなと申したのに」

「しかし……」

土塀の蔭に隠れ、追って来た若党を抑えて前方をうかがえば、

「殿、敵は総勢何人が集まっておりますのか」

「増えたようだな。十名に上ろうな。ここでそなたらと集団で対決すれば、大喧嘩となろう。いいか、決して飛び出してくるでないぞ」

「なに、奴らはわれらに敵《かな》いませぬ。どうせ売られた喧嘩でございます。ここで買わねば、男が廃《すた》ります」

若党の一人が、眦《まなじり》を決して言う。

「喧嘩を売られたのは、小松藩だぞ。伊茶は、小松藩の助っ人として奴らと争ったまでだ」

「しかし、奴らの横暴は、断じて許せませぬ」

若党の一人が、刀の柄《つか》を摑み一歩前に踏み出した。

若党のなかに慎吾の姿もある。

「おまえ、いつ来たのだ」

「心配になり、追ってまいりました」

「はやるな、慎吾。いかに海賊大名といえ、柳生道場の者が束になってかかれば、おそらく奴らを圧倒することは難しくあるまい。だがそうなれば、世間はどうみる。天下の柳生新陰流が、九州小藩の藩士に束になって打ちかかった、と非難する者も出てこよう」

「しかし、粗暴な行いをしたのは、森藩のほうではございませぬか」

慎吾が、なおも言った。

「そうかもしれぬ。だが、そのようなことをみなは知らぬ。それに、たとえ喧嘩両《りょう》成敗《せいばい》となったところで、得るものは何もない。ここは、私に任せてくれ」

俊平は、怒りを抑えきれぬ若党たちをその場に残すと、すたすたと歩きだし、十名ほどの森藩士の前にすすみ出た。

藩士は、何者が現れたかと咄嗟《とっさ》に身構えたが、そのなかに俊平の顔を見知っている者がいたらしく、

「おい、柳生だぞッ！」

と一同を見まわし叫んだ。

「なにッ！」

藩士が、いっせいに跳び退いた。

剣で柳生に敵《かな》うはずはないとわかっているのだろう、遠巻きに俊平を囲んでいるが、決して、斬りかかっては来ない。

「まあ、待て、待て。私は、そなたらと斬り合うためにやってきたのではない」

男たちをねめまわすように見て、俊平が言った。

「やめようではないか。争ったところで、お互い怪我をするだけのことだ。まかりまちがえば命を落とす」

「おまえの妻が、おれたちに手を出したのではないか」

藩士の一人が、吠えるように言った。声が震えている。

「それはちがうな。伊茶は無腰だった。そなたらが、つっかかってきたのだ。それを受けたまでのこと」

「いや、挑発したのはあの女だ。我らに向かってつっかかってきた」

「それもちがう。多勢のおまえたちが、わずか三人の小松藩士を、狼藉に及んだ。そのことを、伊茶が諫《いさ》めようとしたのだ」

「黙れ、柳生め」

森藩士が、口々に叫ぶ。

「将軍家の剣術指南役が、強いのは当たり前だ。それを笠《かさ》に着て弱いわれらを嘲笑《あざわら》うか。卑劣《ひれつ》な行いだ」

「なにが、卑劣だ。それに、私は刀を使わぬよ」

俊平は苦笑いすると、腰間《ようかん》から差料を抜き出し、路端にがらんと投げ捨てた。

男たちは、妙なことをすると、怪訝な顔で俊平をうかがっている。

「見てのとおりだ。私に争う気はない。ここの小松藩主一柳頼邦殿は、私の友人だ。話を聞けば、城内桜田門の門前で、両者の駕籠が争いを起こしたというが、あそこは登城の順番でよく揉めるところだ。だが、そのように先を急がずとも、いずれ城内に入れる。他愛のないことだ」

俊平が無腰であることに安堵して、藩士たちがじりと歩み寄ってくる。

「面子《メンツ》だの誇りだの、武士というものは厄介なものだ。そうではないか」

俊平は一歩前に出て、男たちを見まわした。

「だが、それくらいのことで、大の大人が白刃を構えての喧嘩沙汰など、大人げないとは思わぬか」

「言うな。登城時の揉め事だけではない。おまえの妻が、我らに挑みかかって怪我をさせた。そのほうが大事なのだ。我が藩は、そのことで怒っている。おまえの妻が、藩邸のなかにおるのなら、連れてまいれ。まず、ここで土下座《どげざ》して謝るのだ」

「土下座か。だが、初め挑みかかったのは、おぬしらのほうではなかったか」

「それはちがう。我らの刀を奪って打ちつけた」

「これでは、埒《らち》があかぬな」

俊平は、ぼりぼりと頭を掻いた。

「ええい、呼んでまいれ。土下座して謝るのだ。そうすれば、許してやらぬでもない」

「だが、それは無理だ」

俊平は、虚空をあおいで首を振った。薄い笑みを浮かべている。

「おぬし、なにがおかしい」

「それは、ちと無理と思うからだ」

「なぜ、無理だ」

がっしりした骨格の大男が、腰間から刀を抜き出し言った。

「妻は道理に合わぬことには、謝らぬからだ。先に手を出したのは、おぬしらだ。それに、おぬしらとは腕がちがうから、刀を奪われ打ち据えられたのだ。争いなどせねば済んだことだ」

俊平が、笑って男たちを見まわした。

すでに男たちは殺気立っている。

いずれもいかめしい面体《めんてい》だが、稽古らしい稽古を積んだ者など皆無で、腰が不安定に揺れて、歩はこびも崩れている。

「やめておけ」

「やってみねばわからぬ。先刻は不意をつかれて不覚をとったが、こたびは取りはせぬ」

「どうしてもというなら、妻を呼ぶまでもない。私が相手をしよう」

「なにッ！」

男たちは、うっと後退《あとじさ》った。

柳生俊平が、自ら相手をするという。だが、得物は地に放り捨てている。男たちは、どうするつもりであろうと、首を傾げて俊平をうかがった。

「刀は使わぬよ」

「ならば……」

「さあ、余り考えていなかった。はて、どうしようかの」

俊平は、またぐるりと男たちを見まわして、

「素手《すで》でよい」

と言い放った。

「小癪な。ならばまいる」

いかにも血の気の多そうな男が、目を剝いて一歩前に踏み出した。

「我らも素手の闘いとする」

「そうか。ならば、ちと遊ばせてもらう」

俊平はそう言い、また一歩前に出た。

上半身は微動だにさせず、滑るような動作ですすみ出ている。その歩はこびに、一切の無駄はない。

いきり立った男が、熊手《くまで》のように両手を突き出して俊平に摑みかかると、その手をかいくぐり、俊平は相手の胸ぐらをひょいと摑み、腰を入れて、軽々と投げ飛ばした。

大男がどたりと大地に倒れ、うつぶした。

土埃が上がり、囲んだ男たちがわっと遠ざかる。

「さあ、次は誰だね」

俊平が、男たちをまた舐《な》めるように見まわした。

左右の男たちが、無言のまま激しく動く。

すばやく詰め寄って、腕を取ろうと手を延ばしたが、すでに俊平はそこにいない。

男たちの前に踏み出すと、転じて振りかえり、背後から延びた左右の手を両手でつかんでぐいと引き寄せた。

左右の脚を相手の脚を掛け、次々に器用に投げ飛ばす。

「ええいッ！」

残った厳《いか》めしい目つきの大男が、苛立《いらだ》って正面からザッと挑みかかった。

つづいて、体勢を立て直した男たちが一斉に摑みかかる。

俊平は、また男たちの間をするりと抜けて、

「やめた。もう帰るよ」

はや勝負はついたとばかりにすたすた帰路についた。後ろを振りかえることもない。

「くそッ！」

男たちが、慌《あわ》てて俊平を追ってきた。

「御藩主ッ、これを！」

若党が木剣を投げてよこした。

それを、頭上で受け止め、俊平はくるりと振りかえると、追ってきた男たちを睨みすえ、ぴたりと正眼につけた。

「寄るなよ。寄れば、次はこれで相手をする。たとえ木剣といえども、当たりどころ

によっては命にかかわる。それでもよいなら、覚悟してまいれ」

　そう言って男たちをまたねめまわすと、男たちは刀の柄に手をかけたまま、動くこともできない。

　その間に、俊平の背後を柳生藩の若党がずらりと固めた。

「さらばだ。おぬしらの主久留島光通に伝えておけ。駕籠の先陣争いごときで、大の大人が喧嘩騒ぎ、まことに大人げないとな」

　俊平は、男たちにくるりと背を向け、歩きだした。

　もはや、俊平の後を追ってくる者は一人としてない。

第四章　伏龍党《ふくりゅうとう》

一

舞姫愛梨から、俊平のもとに書状が届いたのは、五日ほど経ったある日のことであった。

南国の見知らぬ花の香りが微かに残る書状を開いてみれば、見事な達筆の和文で、折入って相談したき儀がある、と記されている。

俊平は、愛梨の指定した深川の船宿〈伊勢屋《いせや》〉に急ぎ出向いた。

この日、愛梨は一人であった。

「よくここまで来られたの」

「じつは、門前に玉十郎さんが待っておられて、ここまで送ってもらいました」

「玉十郎が……。また、どういうことだ」

「あの人は、わたくしをたいそう気に入ってくださり、たびたび付け文を寄こすのです」

愛梨が、こっそりと秘密を伝えるように言う。

「されば、玉十郎はそなたに会いたくて、後藤家の門前にずっと佇《たたず》んでいたのか」

俊平は、驚いて愛梨を見かえした。玉十郎が、それほどに愛梨に思慕《しぼ》の情を募らせているとは、想像もつかないことであった。

女形の役者が、女人に懸想《けそう》するとは、まことに奇妙な話だが、玉十郎も、やはり正真正銘、男なのであろう。

「玉十郎さんは女形なので、女の仕種がよくわかるそうです。わたくしは女として完《かん》璧《ぺき》だそうです。笑ってしまいますね」

「それにしても、それほど激しい気持ちを露《あらわ》にする玉十郎は、初めて見た」

俊平はそう言ってから、注文を取りにきた店の女に、店の得意料理を訊ねて、酒と自慢の浅利飯《あさりめし》と白魚《しらうお》の酢の物を頼んだ。

愛梨の膳には、すでにその浅利飯が乗っている。

「ところで、相談ごととは何です」

「じつは……」

愛梨は、しばし言い澱《よど》んでから、もういちど俊平を見かえし、

「砂輝と波那の二人のことです。波那は後藤庄三郎に、砂輝は海賊大名の久留島光通に追いまわされているのです」

後藤庄三郎は、浮き名を流して雪乃と面白半分に祝言をあげ、本所に囲っておきながら、もはや雪乃には目もくれず、琉球の踊り子波那を追いまわしている。

そんな男に従ったところで、波那が幸せになれるはずもない。

久留島光通にしても同様である。

久留島も砂輝を追いまわし、後藤と同じようなことをしている。

「愛梨どのは、私にどうして欲しい」

「私も途方に暮れております。あの二人、後藤さまや、久留島さまの目につかずに国に連れて帰ればそれにこしたことはないのですが……」

「二人は、薩摩藩の正式な招きによってこの国に来た者たち。国に帰せば、また追いまわされるのでは」

「おそらくそうなりましょう」

「ならば、しばらく我が藩邸にでも匿おうか。いずれ大和《やまと》に逃すのも手だ」

「大和……？」

「私の藩のある土地だ。山の中の静かなところだ。そのようなところでよいのなら、いつまでもいていい。だが、踊りは捨てねばなるまいな」

「それが問題なのです。二人とも覚悟がほんとうにできているのか」

「二人から踊りを奪ったら、やっていけるのか」

「とはいえ、国に帰せば……」

「琉球の今については、あらかたのことは聞いている。支配者となった島津には、琉球の民は悔しい思いをしつつ、その支配に屈しておるという」

「薩摩は勢いに乗って、最後まで抵抗の姿勢を崩さない琉球に、慶長十四年（一六〇九）に軍を差し向けましたが力の差は歴然で、琉球はたまらず降伏《こうふく》し、薩摩藩の支配下に入ります。三代将軍徳川家光様は、琉球国の十二万石を島津さまに与えるという領地判断を出しました」

「領地判断か」

愛梨が、うつむいて小さく唇を噛んだ。

「私は、薩摩藩の者らを一突きに刺し、自ら果てようとまで思ったこともあります」

「そこまで思い詰めたか……」

「まことに、憎き男たちでございます」

うつむく愛梨は言葉を詰まらせた。俊平は猪口の酒を飲み干す気にもなれず、猪口を置く。

「愛梨どのは先日、女たちと薩摩の屋敷に呼ばれて舞を踊ったのであったな」

「はい。あの場にも、黄金の瓢簞がいくつもありました」

愛梨は笑ってうつむいた。

「そなたに言い寄る者とは、藩主の島津継豊殿ではないのか」

「それは、言えません」

愛梨は、じっと俊平を見つめた。

「でも、私はきっと跳ねかえします」

「とまれ、あの二人の行く末はいましばらく考えるとしよう」

「二人が踊りをあきらめられるか。あきらめられぬのなら、身の危ぶまれるのを承知で国に帰るのも一つの方法でしょうが」

「おそらく迷っていような……」

「ささ、お酒を」

愛梨が、俊平を気づかって酒を勧めた。

俊平は、立ち上がって通りに向かい、二階の格子戸を開けた。

向かいの辻《つじ》に、人だかりがある。筒袖《つつそで》姿の男たちで、頭に色とりどりの頭巾を被っている。

がっしりした体格で、武道の心得があると俊平は見たが、武士ではなさそうであった。

「はて、何者であろうか……」

「何者でございます？」

愛梨が立ち上がり、窓辺に立つ俊平に歩み寄った。愛梨の顔色が変わっている。

「あの者ら、見上げているのはたしかにこちらの方角だ。よもや、私たちを見張っているのではあるまいの」

「はい。そのようです」

愛梨が、厳しい口調で言った。

「あの者らは、琉球の王朝がかかえる武闘結社の者でございます。本部御殿手《もとぶうどんでぃ》を修めております。伏龍党《ふくりゅうとう》と申します」

「伏龍党か」

「国を護るために集められた隠密部隊です。しかし、なぜここに」

「おそらく、薩摩藩に呼ばれて国を発ったものであろう。すでに薩摩側に寝返っておるのやもしれぬ。あの者らが勝手に船に乗り、この国にやって来ることはまずできまい。だが、なぜ来たのであろう」

「おそらく、金細工師を護るためと思われます。しかし、私たちは、あの者らが来ていることを知らされておりませんでした」

茫然とした口ぶりで愛梨が言った。

「されば、その伏龍党の一団が、なぜあそこにおる。そなたも知らなかったわけだな」

俊平が、独り言のように言った。

「むろんのこと。私を警護しているのなら、それでよいのですが。ただ、薩摩藩の都合で動いていることもじゅうぶん考えられます」

「うむ。あの目つきは、敵を前にした者のものだ」

「それでは、柳生さまを狙っているということになります」

愛梨が、青ざめた顔で言った。

「となると、ちと厄介なことになったな」

俊平は、部屋の中央までもどってくると、

「これは、つまり薩摩が公然と私に刃を向けてきたということになる。だが、薩摩藩の太守島津継豊殿なら、それくらいのことは平気でしょう」

冷ややかな口調で言った。

「どうなされます」

「迎え撃つまでのこと」

俊平が、腹をくくったように言った。

愛梨は、じっと俊平を見つめ、うつむいた。

「お会いしとうございましたが、これで気持ちは晴れました。もはや、お別れでございます」

「もう帰るのか――」

愛梨は返事もなく立ち上がり、廊下に出た。

「また会いたい」

「いえ、柳生さまには会わぬほうがよろしうございます」

「なぜだ」

「これ以上、ご迷惑をおかけするわけにはいきません」

愛梨が一瞬うつむき、すがりついた。

それを受け止め、しばらくして、俊平は引き離した。俊平も、帰らざるをえないと、自分に言いきかせた。

二

もう夕暮れ時で、空がほのかに茜色に染まっている。

黒々とした烏《からす》が三羽、上空を低く弧を描いて旋回し、俊平と愛梨に触れんばかりである。小名木川沿いの柳路に沿って西に向かい、深川へ向かう横川《よこかわ》という掘割に出る。

目抜き通りから外れた船宿辺りは、人通りも少なく、掘割沿いの道に出れば、愛梨が俊平に心なしか寄り添ってくる。

と、川沿いの柳の枝の下、船宿の二階から見た男たちが、こちらをうかがい、たむろしているのが見えた。

筒袖を着けているが、色合いが濃く、見たことのない風合いを持つものである。頭に蔦の模様の入った頭巾を被っている。これも、珍しい形のものであった。

俊平は、それに気づかぬふりをして先を急いだ。

一丁ほど掘割沿いに歩いていくと、男たちはまだ付いてくる。

俊平は、あらためて彼らを振りかえり、その数をかぞえた。

その数、五人――。

「愛梨どの。あ奴らに、覚えはあるか」

「はい。あれはやはり〈伏龍党〉の男たちでございます」

「はて。武器は何だ――」

琉球の武術といえば唐手《からて》がすぐに思い浮かぶが、俊平は他に詳しくは知らない。

「基本、唐手ではございますが、他にこの国の十手《じって》術に似たものや槍術《そうじゅつ》、剣術などさまざまな武器を操ります」

「十手術とは――？」

「中央が長く、左右に短い角が出たもので、どこか仏具のような形に見えます。日本の十手によく似ています」

「棒術は？」

「日本の杖術《じょうじゅつ》と、おおよそ同じものです」

「ちと興味が湧いてきたの。私も武術家だ」

「お気をつけください。刀や槍を奪われた琉球の武術だけに、かえって研《と》ぎ澄《す》まされ秘伝の技も多く伝えられています」

愛梨が、不安げに俊平を見かえして言う。

「そうであろう。武器を与えられない民ほど、必死で戦うものだ」

俊平は厳しい表情で背後を振りかえった。

男たちが、左右に広がる夕闇のなか、その表情はつぶさに確かめることはできないが、みな日焼けして彫りの深い顔だちである。

「そなたら、私をどうしたい」

俊平は、尾《つ》けてくる男に向かって問うた。

応える者はない。

「脅し、警告するだけか。それとも、私に勝負を挑むか」

「おそらく、警告だけではありますまい」

愛梨はとうに闘いの覚悟を決めているようであった。

「だが、私はおぬしらの敵ではないぞ。むしろ、琉球王国の今に同情しておる」

「嘘だ」

中央の髪を無造作に伸ばしている男が言った。

「いや、まことだ。薩摩藩のやり方は、琉球の独立を踏みにじっておる。薩摩藩は強い。朝鮮《ちょうせん》での闘いで、鬼島津と恐れられていた。琉球一国で、抗《あらが》うのは難しかろう。

だが、黙々と従ってはならぬ」

「今のところは――」

別の男が言った。

「しかたない……」

その口ぶりには、悔しさが滲《にじ》み出ている。

愛梨もうつむいている。

「薩摩藩が、私を敵視しているらしい。私を殺《や》れと命じられたか」

「……………」

「だが、それに従うのか。それともこれは、後藤家のさしがねなのか。いま一度問う。私を、どうしたい」

俊平は、中央の男に向かって一歩踏み出した。

「痛い目に合わせよ、と命じられた。やりたくはないが、このたびは従う」

不貞腐《ふてくさ》れた口調で、中央の男が言った。

「そうか。ならば、闘ってみるのも面白いの。だが、そうたやすくはないぞ」

男たちを見据えると、俊平はゆっくりと一歩前に出た。

間合いは三間余りと、狭まっている。

男たちが、さらに左右に広がって、数人が背後に廻った。
腰間から三本刃の十手を取り出し、低く身がまえる。
「ならば、琉球の武術、とくと見せてもらおうか」
俊平は、両手を前に突き出し、同じく身を低く沈めて身がまえた。
「我らは、十手を用いる。刀を抜いてもよい」
また中央に立つ男が言った。
長髪が、川風になびいている。よく陽に焼けた顔が、鬼のようにこわばっている。
多様な武術を修めているのだろう。隆々《りゅうりゅう》とした筋肉が衣の下に見えた。
「そうか。素手では無理か」
俊平は素直に従い、刀を抜いてそのまま峰をかえした。
それを、静かに下段に落としていく。
男たちが、音もなくいっせいに動いた。
後方から、鋭い擦過音《さっかおん》とともに、十手が突き出される。
俊平は、それを横に流れて躱《かわ》し、そのまま前に出た。
すかさず前方の二人が、左右から両手に握った十手で突きかかってくる。
颶風《ぐふう》にも似た真一文字の突きであった。

それを左右に体《たい》を薙《な》いで躱せば、左右からも四本の十手が延びる。

前方の十手を峰でたたいて前に踏み出し、振りかえって身を沈めると、相手は俊平の意外な身のこなしに困惑し立ち上がる。

俊平はふたたび低く身がまえた。

都合十余本の十手が俊平を囲み、千手観音《せんじゆかんのん》さながらに乱舞してくる。

俊平はそれを左右に振り分け、刀の峰でたたき、飛び退く。

十余本の十手が蠢《うごめ》く姿は、まるで生き物のようである。

（これは、とても受けとめきれぬな……）

そう判断し、俊平は駆けた。

駆けながら振りかえり、もういちど十手を刀身で受け、相手を峰打ちで打ち据えた。

また、延びてくる十手をたたく。

しばらく駆けて掘割に飛び込み、逃げようとした。

と、次の瞬間、俊平の左股を十手が激しく突いた。

激痛が走った。

後方の十手が、俊平の尻のあたりに届いた。

前方に廻った男の十手を峰で受け止め、強引に弾いてたたき落とす。

刃をかえして、すかさず中段につけた。

相手は、とっさに動きをやめ、はっとして身がまえた。

むろん斬る気はない。脅しであった。

俊平の剣の評判を知っているのであろう。白刃に、相手もひどく緊張しているのがわかった。

「やめて」

愛梨が絶叫した。

「やめてください！」

男たちが怯《ひる》んだ。

と、前方の闇に人影が動いた。

提灯が揺れている。

商人らしい二人連れが、彼方《かなた》からやってくる。

酒が入っているらしい。

二人は、前方の人影が激しい闘争の渦中にあることに気づき、小さく悲鳴をあげて道端に逃れた。

闇のなか、一団は素早く十手を納め、頷きあうと、そのまま北に向かって駆け去っていった。

俊平は茫然とその後ろ姿を見守った。

静寂がもどっている。

俊平は、愛梨を見据え吐息を漏らした。

「大丈夫、ですか……」

愛梨が駆け寄ってきた。

「なに、大丈夫だ。だが、まことに手強い相手だった」

俊平が、苦笑いして刀を納めた。

「すみません。あの者どもとて、本意ではないはずです。薩摩藩の要求には抗《あらが》えないのです」

「わかっている。悪いのは、あの連中じゃない。薩摩藩だ」

俊平は、そう言って愛梨の腕を摑むと、うなずきまた歩きだした。

十手に打たれた左股が重く疼《うず》く。

わずかに足を引きずっているのが、愛梨にもわかるのか、

「痛いでしょう」

と訊ねてくる。

「なに、大したことはないよ」

俊平は、苦笑いして愛梨を見かえした。

「また、お会いしましょう」

愛梨は、小走りに駆けだした。

その後を、俊平が追っていく。

だが俊平は、痛みがひどく、追うのをあきらめざるをえなかった。

夜気がとっぷり降りて、辺りはもう闇のなかにあった。

三

柳生道場で、近頃めきめき腕を上げてきている若党の早瀬源次郎《はやせげんじろう》が、早朝から自室で執務中の俊平のもとに、

――玄関に、妙な女が訪ねてきておりますが。

と告げに来たのは、雨模様のつづく日の翌日の雲間にわずかに陽差しの見えるある朝のことであった。

「と申しましても、町人ではなく武家屋敷につとめる侍女風の女でございます。玄関

から訪れ、いきなりご藩主にお会いしたいと申すので、どうしたらよいものか、判断に迷いましたが、お会いになられまするか」

源次郎は、困惑のていで俊平に訊ねた。

「私に侍女風の女が……。はて、誰であろう?」

思い当たる者もなく、

「とまれ、会うてみる」

俊平はそう言い、源次郎を追い玄関に出てみると、なんとお局館の茶と花の師匠雪乃である。

大奥づとめをしていた雪乃は、武家屋敷では毅然《きぜん》とした立ち姿で、やはり町で見かければとても町人には見えない。

「どうした、雪乃。本所に家を買ってもらい、移り住んだと聞いていたが、いったい何があった」

「それが……」

雪乃は、なにやら切羽《せっぱ》詰まったまなざしで俊平を見つめ、

「なんとか、助けていただきたいのでございます」

いきなり、すがりつくような勢いで言った。

「助ける？　はて、それではわからぬ。落ち着いて、順に話してみてくれ。いや、まずは座敷にまいれ」

俊平は、雪乃の腕を取るようにして客間に通し座らせると、雪乃はもういちど、

「本所の家から、逃げてきたのでございます！」

と、叫ぶように言った。

「ならば、大丈夫だ。ここは痩《や》せても枯《か》れても柳生藩邸だ。誰も追っては来ぬ。それより、もっと詳しく話してみてくれぬか」

「それが……」

雪乃が、また生唾を呑み、ひと息継ぐと、

「もう、庄三郎さまの顔を見るのも嫌なのでございます」

また険しい表情で言った。

「もう、嫌になったのか」

俊平は、苦笑いして雪乃を見かえした。

雪乃の到来を聞きつけた伊茶が、急ぎ茶を淹れてくる。

「まあ、雪乃さん」

その深刻な表情に、伊茶も言葉がない。

「嫌も嫌、顔も見たくないのです。あの人など、見るも虫酸《むしず》が走ります。ほんとうに恐ろしい人です」

「恐ろしい……？」

俊平が訝《いぶか》しげに雪乃の顔をのぞいた。

「今日も、妙な男たちを私に貼りつかせて、一歩も外に出してくれないのです」

「それは、なぜだ」

「ほんとうは、私に関心もないくせに。聞けば、琉球から呼び寄せた踊り子に夢中とか」

「ははあ」

俊平は、納得してうなずいた。

後藤庄三郎は、生来の遊び人。もはや雪乃には飽き、ああした華やかな女たちに、心を移してしまったらしい。

「そのくせ、私を釘付けにして、自由にはさせてくれません。私が、柳生様と親しいことも、どうやら気に入らぬようでございます」

「はて、そなたと親しいと言うても、私はただの後見役にすぎぬ」

「それは承知でしょう。どうやら、海賊大名が、俊平さまをさんざんに悪く言い散らしたようでございます」

「あの久留島なら、やりかねぬな」

俊平は、苦笑いして久留島光通の悪党面を思い出した。

「あれこれ、悪い噂を吹き込んでいるようでございます」

「悪い噂など、立てられる覚えはない」

「どれも、作り話でございます。以前喧嘩したことを、いまだに根に持っていると聞いております。それに、庄三郎さまのところにいる愛梨さんをはじめとする琉球の方々にお味方しておられるのも気に食わぬようで。ところで俊平さまは、琉球の古武術の一団と争われたそうでございますね」

「その話、いったい誰から聞いた――」

「庄三郎さまは、俊平さまと海賊大名との争いも、武闘集団との争いも、よく承知しておるようです」

「なるほどな――」

伊茶が淹れた茶で咽を潤すと、俊平は、雪乃から話を聞き、あらかた納得してうなずいた。

「それは、私のせいもあろうな。雪乃にはすまぬことをした」

「いいえ、俊平さまが悪いわけではありません。あの人は、そもそも人が変わってしまったのです。いえ、初めからそういう人だったのに、私が気づかなかっただけかもしれません。あの人の頭のなかは、悪い遊びとお金だけ。飲む、打つ、買うが大好きなのでございます。悪党どもとつるんで、お金のためならなんでもする人なのでございます」

「なにか、心当たりでもあるのか」

「私のもとにやってきても、金《きん》のことばかり話します。金はよいものだ。金があれば世の中、何でも思いどおりだ、と申してばかり。まるで黄金に毒されたようでございます。私の家を、すべて黄金のもので飾りたてる始末です。もう、金色に輝くものは、見るのもうんざり。どうか、このお屋敷に私を匿《かくま》ってほしうございます」

「はて、それは困ったことだの」

俊平は、顔を歪め伊茶と目を見あわせた。

「匿ってさしあげてくださいまし」

伊茶が、雪乃に同情して言う。

「まあ、それはよいが……」

俊平は茶碗を置いて、あらためて考え込んだ。

「それにしても、よくぞここに逃げてくることを思いついたな」

「妙な男たちに見張られて、頼れるお方は柳生さまだけ」

「それは、どのような男たちだ」

「骨格が逞《たくま》しく、頭巾をかぶっています。刃物をちらつかせるまでのことはないのですが、見ているだけで怖い男たち」

「その男たちなら、おそらく伏龍党と名乗る琉球の結社だ。家の外に貼りついているのか」

「はい。私が家を出ようとすると、出てはならぬと、妙な癖のある言い方で、私を留めるのです」

「それは辛かろうな。庄三郎の焼き餅であろうが」

「意地悪をしたいだけかもしれません」

雪乃が吐き捨てるように言った。

「いずれにしても、もはや、二人の仲の回復は難しかろう」

「どうかお匿いくださいませ」

「奥は人手も足りず、雑用ばかりでございますが、手伝っていただければ助かります」

伊茶が雪乃を思い、さらに強く俊平に迫った。

「うむ、そうしよう」

「ほんとうに、顔を見るのも嫌なのです。とはいえ、お局館にも、もうもどれません。みなに迷惑をかけます」

「わかった。しばらくここにおれ」

「いいのですね」

「なに、私はそなたの後見人だよ。そう、めそめそするな、雪乃」

俊平は笑って見かえすと、雪乃は感きわまったように泣きだした。

雪乃を慰めていると、用人の惣右衛門が足早に部屋に入ってくるなり、俊平のすぐ前に座り込み、

「殿、ちと、ご報告したき儀が……」

と、雪乃をうかがい小声でつぶやいた。

「雪乃のことならよい。話してみよ」

「怪しき者が、門外で屋敷内をうかがっております」

「怪しき者――？」

「それが、町人のようではございますが、濃い染め色の頭巾を被り、棒を握りしめて

おります。周りに異彩《いさい》を放っております。何者でございましょう」

「その者なら、琉球の武闘団伏龍党というそうだ」

「伏龍党――？」

「薩摩藩が招き寄せた。後藤家に付けた者らだ」

「されば、金座の主があのような輩を操っておるのでござりまするか」

惣右衛門か、驚いて俊平を見かえした。どうにも納得ができぬらしい。伊茶が笑っている。

「後藤庄三郎め、いよいよ本性を現してきたようだ。そもそもは、上様が私にあ奴を見張るよう命じられたが、上様の勘は当たったようだな」

「あのような武闘団を使って、いったい何をしようとしておるのでございましょう」

「まことに、若い頃の悪党癖が、幕府から大任をまかされた後も治らぬもののようだ。雪乃が当屋敷に逃げ込んだと見て我らを見張っておるのであろう」

「もうわかってしまっているのですね」

雪乃は、困ったように膝をにじらせ俊平に身を寄せた。

「当人は、琉球の踊り子に気を移している。さして気にいたすな。そうそう、しばらく雪乃を当屋敷で匿うことになったぞ」

俊平が、惣右衛門に言った。

惣右衛門は雪乃をちらと見て、難しい顔をして頬を撫でた。

「されば、後藤家とは正面から対立となりまするな」

「よいのだ。だが、薩摩藩とも対立は深まりそうだな」

「殿、それはいささか荷が重いかと存じまするぞ。後藤家と対立するだけでも手に余るほど。そのうえ薩摩藩と事を構えては、一万石の我が藩にはちと荷が重すぎまする」

惣右衛門は伊茶に目をやり同意を求めるが、伊茶は素知らぬふりをする。

「なに、上様がお味方だ。それに乗りかかった船だ。女たちが、救いを求めておる。この柳生俊平、いやだ、と逃げるような真似《まね》はできぬ。そうだ、琉球の踊り子が、海賊大名と後藤庄三郎から逃げたがっておると聞く」

「そのように大勢の女を匿う余裕など、我が藩にはとうていござりませぬぞ」

惣右衛門はそこまで言ったものの、雪乃を見て口籠《くちご》もった。

惣右衛門は、俊平の気性を知っている。もはや俊平は、後には引かぬと見ているのである。

「そちも、困り果てた女たちを見捨てよとは申すまい」

「はて、そこまでは申しておりませぬが……」

惣右衛門は、もごもごと口を蠢かせた。雪乃は、下を向いて笑っている。

「されば、どうなされるおつもりでござりまするか」

伊茶が、俊平に訊ねた。

「うむ。これ、慎吾はおるか」

俊平は、高々と声を上げ、小姓頭の森脇慎吾を呼び寄せると、稽古からもどったばかりの慎吾が額の汗を拭きながら、

「お呼びでございますか」

きょとんとした顔で俊平の前に現れた。

「そち、これより日本橋の後藤家まで行ってくれぬか」

「行けと申されれば、いずこなりともまいりますが、何をせよと」

「うむ。まずは、金細工師の甚平という男を呼び出してくれ。現れれば、これよりしたためる私からの書状を渡してほしい」

「かしこまりましてございます」

「書状の委細《いさい》は、後でそちも読むとよい。その後、示しあわせて、琉球の女を連れ出してくれ。この屋敷に匿うのだ」

「匿う？」

驚いて、慎吾が俊平を見かえした。横で、惣右衛門はうなずくばかりでよくわからない。

「その踊り子たち、悪い男に眼をつけられ、逃げたがっているのだ」

「さようで。されば、そういたします」

慎吾は、大変な仕事を承ったと緊張しはじめ、

「まあ、そう硬くなるな。甚平はなかなか気概のある男でな。きっと力を貸してくれよう」

そう言って、俊平は急ぎ書状をしたため、慎吾に持たせて後藤家へ送り出すと、

「さて、これからが勝負だ。負けられぬな」

惣右衛門にそう言い、外出の支度を始めた。

その日はまだ陽が高い。登城し、後藤家や薩摩藩との対立など、これまでの経過をひとまず吉宗に伝えておく必要があると感じたからであった。

四

「そうか、話がだいぶ面白うなってきたの」

俊平から事情を聞いた八代将軍徳川吉宗は、上座からぐいと身を乗り出し、俊平ににやりと笑ってみせた。

勝気な性格だけに、吉宗はこうした揉め事をよい退屈しのぎと思っているフシがある。

部屋にいた数人の小姓も、なにやら屈託のない笑みを浮かべ、俊平の話に聞き耳を立てている。

「上様、これは冗談ではすまされぬ事態でございまするぞ。後藤庄三郎の出鱈目《でたらめ》ぶりはまだしものこと、薩摩藩の抜け荷は厳重にとりしまらねばなりません」

「残念なことだが、その件にはまだ証拠がないのじゃ。いましばらくは、見守るよりあるまいな」

将軍吉宗にそう言われては、俊平も引き退がるよりない。

吉宗は薩摩藩の抜け荷などとうに承知のうえで、まだぎりぎりまでようすを見る腹らしく、とことん追い込んでいく覚悟はできていないらしい。

「されば、後藤めのことでございます」

「うむ。まことに女癖の悪い奴じゃの。それに、相当の悪であることはもはや事実のようじゃ」

「まこと、若き頃の町の悪であった習性は、今もってなかなか抜けぬようでございます」

「困ったものよ。小判の改鋳に手抜かりがあったとしたら、まずいと思うが、今のところ、そこまでのことはないようじゃ」

「はい。室町の時代よりつづく大判座の名家でございますれば、店の番頭どもがしっかり補っておるのでございましょう」

「ま、いましばらくようすを見ておるよりあるまい。金座の主の首を、すぐにすげ替えるわけにもいかぬでな」

吉宗は、顔を曇らせ、顎を撫でた。吉宗は、どこかあきらめ顔である。

「とまれ、しばらくの間はその琉球の女人らに目を配ってやってくれ」

「心得ましてございます」

俊平は、かしこまって平伏した。

しばらくは、俊平に大きな負担となるが、吉宗は手を貸してくれるようすはない。

吉宗は、小姓に小さく命じて、将棋盤を取ってこさせると、上座から下がってつかつかと俊平の前に座り込んだ。

吉宗は、俊平との対局が待ち遠しかったらしい。

今日は負けられぬと気合が入っているらしく、また戦術もしっかり立てているようである。吉宗は、駒を並べはじめた。

「して、俊平。薩摩藩の密貿易の証拠は摑めそうか」

「残念ながら、いまだに」

俊平がそう応えると、

「そうか……」

吉宗はふっと吐息を漏らし、また将棋盤を見つめた。

むろん幕府は、薩摩藩に多数の密偵を送り込み、探索を行っているのであろうが、領内に送り込むことは難しく、抜け荷の実情を摑むことはさらに難題のようであった。

たとえ密偵が領内に潜入できたとしても、抜け荷は藩最高の極秘事項、厳重に機密扱いにされるため、証拠を抑えることは至難の業《わざ》である。

「さて、元文小判の人気も気になるところじゃの」

吉宗は黙って鶴の絵柄の金襖の前に座す松平乗邑に目をやってから、俊平に訊ねた。

吉宗は近頃乗邑が苦手らしく、なかなか口を利かない。

「旧貨の人気はいまだに高く、庶民はそちらを尊重いたしております」

「だが、今さら旧貨に後もどりはできぬ」

「むろんのこと。享保三年（一七一八）の新金銀通用令では、金銀ともに正徳金銀と同じ質に統一されたため、世の景気は火が消えたようになりました。貨幣の供給が少なければ世の景気は固まってしまいます」

「そうじゃな。景気がひどく悪うなって、巷は活気を失った。じゃが、難しいものよ。こたびの改鋳によって、米の値が二倍にもなったのは、武士にとってはよきことじゃが、諸物価も上がっているので武士の生活も……」

「庶民も、困っておりますが」

「じゃが、まずは武士の救済じゃ一刻も早く旧金貨を改鋳し、新金貨に置き換えていかねばならぬ。その意味で、庄三郎め、女の尻を追い掛けている場合ではないのじゃ」

「しばらく後藤を懲らしめること、かないませぬな」

「うむ。それに、薩摩藩もじゃ。あの藩は手強い。それに幕府は、薩摩に琉球貿易の特権を与えてしもうた。それゆえ、琉球諸島周辺まで船を出してしまえば、それが正規の交易か、密貿易かを選別することはきわめて難しい。そも、幕府の船は琉球諸島まで行っておらぬしの」

「さようでございまするな。それゆえ、薩摩は密貿易をやりたい放題なのでございましょう」

「まあ、それが薩摩藩の財政難を補う程度なら大目にみよう。しかし、事が国の財政に大きくかかわる問題なれば、やはり見て見ぬふりはできぬ」

「まことに。幕府の政策の基本中の基本ともいうべき貨幣政策が薩摩藩によって阻害《そがい》されるならば、放っておくことはできませぬ」

「乗邑、この儀じゃが……」

吉宗が、脇で対局をじっと見守っている老中松平乗邑に初めて声をかけた。

「はは」

乗邑は、渋い顔でちらと俊平に目をやり平伏した。

「そちは、薩摩が後藤家と組んでおるのは、なぜだとみる」

「それがしの見るところ……」

乗邑はそう言って、じりと膝を詰めた。

「後藤庄三郎はまだ歳若く、金座の大判座の主に就任したばかりにございます」
「そうであったな」
「なにかと問題もありましょうが、なにか金座の仕組みから利を得ようとしていると
も見えませぬ」
「ただ、小判を改鋳し、ずさんな管理のもと、あれこれ金細工を作って、金を無駄に
しておることはたしかじゃ」
吉宗は、駒を握ったまま乗邑を見かえした。
「とは申せ、金細工の制作は複雑にて、用いる量もさして多くはございませぬ。そち
らに多大な時間を使っているとなれば、問題となりましょうが、今のところ、いくつ
作ったところで、さしたる浪費とも思えませぬ」
「うむ。まあ、それならよいのだが……」
吉宗は、そう言ってからあらためて乗邑に向き直った。
「されば、薩摩のほうじゃ、乗邑。薩摩は何を考えて、後藤家に近づいておると見
る」
「薩摩は、無類のしたたか者にございます。琉球貿易の間に、多少の抜け荷のひとつ
もやっておらぬとは言えますまい。ただその噂は、すでに初代家康《いえやす》公や三代家光《いえみつ》様の

頃から聞こえておりました。今さら急に増やしたとも思えず、少しは藩の財政を潤している程度のものと見ております」

「うむ、そうか……」

「いましばらく、ようすをご覧なされませ。万に一つも薩摩に処分を下すとなれば、死に物狂いで抵抗してまいりましょう。あるいは南の島々にまで逃げのび、海賊と化し、この国の海岸を暴れまわるやもしれませぬ。台湾に逃れ清国に抵抗した鄭成功《ていせいこう》の例もございます」

「まさか――」

吉宗は、ぽかんと口を開け、笑って乗邑を見かえした。

「いや、これは、少々言いすぎましてござりますが、薩摩と正面きって争うならば、そこまでの覚悟が必要でござります」

「ふむ、それはそうじゃな」

吉宗は、苦笑いして俊平に向き直った。

「じゃが、後藤と薩摩の組み合わせはいささか臭うの。俊平、報告によれば、串木野から産出される金はさしたる量ではないらしいが、産出はつづいているという。いましばらく、動きを探らねばなるまいな」

「それは、もとよりのこと」

俊平は、松平乗邑をちらと見かえしてきっぱりと言った。乗邑は黙っている。

「聞けば、領内の串木野金山開発以来の両家との結びつきという」

「それに、森藩の海賊大名久留島光通が結びついております」

「うむ」

「なにが飛び出してくるか。上様もいましばらくお待ちくだされ」

俊平は乗邑を見かえし、また将棋盤に目をもどした。

乗邑は、冷ややかな表情で吉宗に一礼し、

「それがしも、両家に目を配っておきまする」

言って深々と一礼し、部屋を去っていった。

吉宗は、やがて盤面からふと顔をあげ、

「あ奴めも、薩摩とは仲がよかったの」

苦笑いしている。

「そのようでござります」

俊平はにやりと笑って、また将棋盤に面を移すのであった。

「なにやら、とんでもないことをしてしまった気がいたします」

そう言って、落ち着かぬようすでもどってきた慎吾を部屋に座らせた俊平は、

「もはや、腹を決めたのだ」

と強く言い張った。

「しかし……」

慎吾は思いの外、小心者である。と、俊平はあらためてその顔をうかがった。

琉球の踊り子と愛梨を金座の工房から連れ出し、柳橋の船宿〈灘屋《なだや》〉に隠して、藩邸にもどってきた慎吾だが、誘拐同然に女を連れ出したことを、なにやらひどく気にかけている。

「もはや、事は起こったことで、後もどりはできぬということさ」

俊平は、平然とした口調で言い切った。

「後藤庄三郎も、もはや公然と私と対立する覚悟を決めたのだ。これから先は行くところまで行くよりあるまい」

「でも、このまま久留島光通も決して退きませぬぞ……」

慎吾の心配はまだ収まらない。

だが、後藤庄三郎に不審の念を抱いたのは、将軍吉宗であり、俊平はそれに従って

いるだけとも言える。

とはいえ、正規に薩摩藩が琉球から呼び寄せた踊り子を、勝手に柳生藩が後藤家から連れ出すのはいささか強引と見る向きもあろう。

「殿、なにやら外に、妙な男たちがたむろし、こちらのようすをしきりにうかがっております」

外のようすを見てきた若党が、部屋の明かり障子を開いて俊平に報告した。

「それは、とりどりの色合いの頭巾を被った連中ではないか」

「はい、なぜおわかりなのです」

「琉球の古武術を操る輩で、伏龍党という」

俊平が、落ち着いた口調で言った。

一度争った琉球の武闘団が姿を現したとすれば、やはり後藤庄三郎はこちらの動きに気づいていると見るべきだろう。いよいよ薩摩藩、森藩、後藤家が、まとめて柳生藩と対立することとなったらしい。

「されば、連れ去った三人の踊り子、どういたしましょうか。正門から引き入れたら、あの者らの目に付いてしまっていささか面倒です」

慎吾が、俊平の横顔をうかがった。

「むろんだ。裏門より導き入れるよりあるまい。惣右衛門、慎吾に手を貸してやってくれ」

俊平が振りかえって壁際に座す惣右衛門に言えば、

「心得ましてござります」

任せておけとばかりに、惣右衛門がうなずいた。

「それにしても、表門の輩《やから》は、ちと厄介だの」

「そのことにございます」

惣右衛門が、俊平に膝を寄せるようにして言った。

「なにやら、琉球の古武術の一団だけではないようにございます」

「と、申すと……」

「なかに紋服《もんぷく》の武士も混じっております。いずこかの藩士と思われます」

「はて、いずこの藩か」

「おそらく森藩かと思われます。なに、奴らは海賊の異名をとるものの、ただの荒くれ大名の家中。若党に命じ、追い払ってくれまする」

惣右衛門は、鼻息荒く言った。

「いや、無闇に事を荒立てることはない。それより、藩の駕籠を三つ、裏門に廻しておいてくれ。踊り子の三人を船宿から乗せて帰ることにする」

俊平は慎吾を振りかえってそう命じた。

「されば私も、これよりその船宿〈灘屋〉に迎えに行くとするか」

俊平が立ち上がり、惣右衛門から差料を受けとると、

「されば、ご案内いたします」

慎吾も揃って立ち上がる。

「私もまいりましょう」

惣右衛門もよろよろと上体を揺らせて立ち上がると、

「惣右衛門、そちは連れてくる女たちのために、奥に部屋を用意してやってくれ。伊茶と相談するとよい」

そう言うと、惣右衛門はひどく残念そうな顔をしたが、俊平は笑っていつもの黒羽二重の着流しに着替えると、慎吾をひき連れ藩邸裏門から抜け出し、一路柳橋の船宿〈灘屋〉へと向かった。

〈灘屋〉は、柳橋の賑やかな表通りから一筋裏手に入った、小ぢんまりしたつくりの店で、店の裏手は水音が聞こえるほどに大川に接しており、まだ建材の木の香《か》の残る

造りたての宿であった。

店の小女《こおんな》に導かれ急な階段を上《のぼ》れば、二階はこぢんまりした部屋が四つほど。いちばん奥まった小部屋の障子の向こうに身を縮めるように待つ女たち三人と甚平の姿があった。

甚平が立ち上がって俊平を迎えた。

「首尾は、どうであった」

「上々でございます。誰にも気づかれずに出てこられました。慎吾さんの段取りもよかった」

甚平は、慎吾と頷きあった。

言葉づかいからみて、すでに俊平の身分は部屋のみなには知られているらしい。

「それは上々だな」

甚平は、愛梨ら三人の踊り子に目くばせした。

「柳生さま――」

愛梨は、深く一礼して立ち上がり、

「さ、こちらに……」

と、俊平を部屋に導き入れると、

「こちらは、砂輝と波那でございます」

踊り子二人を紹介した。

この女たちは〈泉屋〉の宴席でも、煮売り屋でもすでに会っている。

「こちらは柳生さまと申され、お大名さまです。これからあなた方を、お屋敷に匿ってくださるそうです。もう安心ですよ」

愛梨が二人の踊り子に言い聞かせれば、女たちは助かったとばかりに安堵で胸を撫で下ろした。

「いずれ、そなたらの落ち着き先も考えよう。場合によってはしばらくこの国で暮らすことになろうが、それでよいのだね」

俊平が、砂輝に訊ねると、

「琉球にもどれば、薩摩の侍の前に差し出されてしまいます。それくらいなら、日本で暮らしたほうがずっといい」

そう言うと、波那も強くうなずいた。

「それにしても、海賊大名久留島光通は、そなたにそれほどぞっこんだったか」

俊平が、砂輝に訊ねた。

「私のどこがよいのか。ただの戯れと存じます」

砂輝が笑って応えたが、目は悲しそうに沈んでいる。

「でも、従わない者には縄を打ち、海に逆さ吊りにするという噂もあります。手下の者が、鮫《さめ》に食わせてしまうと私を脅します。とにかく色よい返事をしないために、行方不明になった女の人は大勢いるそうです」

「それは、酷いものだの」

俊平は、愛梨と顔を見あわせ眉をひそめた。

「だから、侍の言うことには従えか。ひどい海賊ぶりだ」

「許せませぬ」

慎吾も、相当腹を立てている。

「後藤庄三郎は、いま少し穏やかか」

「まあ、似たようなものです」

波那が、鼻先で笑った。

「もはや、あたしたちは限界です。故郷に帰れないのは覚悟のうえでございます。国に帰れば、すぐに薩摩の手が延びてきます。きっと久留島光通に送り届けられることでしょう。それくらいなら、もう死んだほうがまし」

砂輝が、険しい表情をして顔を伏せた。

「よかろう。ひとまず我が屋敷にまいるがよい。奥で藩の用事を手伝ってもらえるとありがたいが」

「むろん、何でもやります。やらせてください」

砂輝と波那が顔を見あわせうなずきあった。

「して、愛梨。そなたは、どういたす」

「さあ、わたくしは……」

愛梨はうつむいてから、ふと顔を上げ、

「やはり、後藤屋敷にもどります」

あきらめた口調で言った。

「だが、薩摩藩の者がそなたを追いまわしていると聞く。大丈夫か。一緒に逃げたほうがよいのでは」

「私は王家の縁者です。私が逃げれば、琉球国に累《るい》が及びましょう。それに、薩摩を怒らせては国が困ります」

「と言うて、薩摩の意のままに従うことはないのだ」

「私のことは、どうぞご心配なく。くじけませぬ」

愛梨は、笑って押し黙った。

「それより、柳生さま。二人を助けていただいたお礼に、後藤庄三郎屋敷から、よい物を持ち出しましたよ」

愛梨は、不敵に笑って、小脇の風呂敷包み《ふろしきづつ》を俊平に差し出した。

「はて、なんであろうな」

「これでございます」

愛梨が取り出したものは、なんと黄金の瓢箪であった。

「〈太閤の瓢箪〉でございます。これは、〈泉屋〉で男たちが使っていた金箔《きんぱく》を張った代物《しろもの》とはちがいます。本物の黄金の瓢箪――」

両手で愛梨が俊平に手渡せば、なるほどずしりと重い。

「しかし、純金の瓢箪とは驚いたの。小判にすれば、どれだけの枚数が必要となろう」

「三百枚、いや五百枚はあろうかと思います」

愛梨がそう言うと、甚平もうなずいた。

「五百枚の小判に匹敵する瓢箪か。だが、これをどのようにして手に入れた」

「後藤家の蔵にしまってあった物です。警護の者もなく、ずさんで鍵が開いておりました。私が入りまして、ひとつ盗んでまいりました」

「なんとも大胆なことをする。愛梨殿、そんなことをしてよいのか」

俊平が、戒《いまし》めながらも面白そうに笑って言った。

「あの連中は、私の国を奪った一味です。これくらいの盗みは大したことはありません。それに、こんなものを作っていたと、幕府に届けることもできますまい」

「して、これはまことに貰ってよいのか」

「お世話になったお礼です。なにかにお使いください」

「はて、何に使おう。礼にしては大きすぎるが」

愛梨は笑っている。

「とりあえず、上様にお知らせしよう。してこの瓢簞、他に幾つもあったのか」

「さあ……」

愛梨は、曖昧《あいまい》に答えた。

甚平を見かえせば、自分にもわからぬと首を振った。

「甚平、そなたは大丈夫なのか。女たちを助ける手助けをしたが、もし露見すれば、ただではすむまい」

「なあに、見つかりゃしません。あっしは、ただの小判師ですが、あこぎなまねを見て見ぬふりはとうていできねえということで」

「甚平さんは、勇気のある立派な職人さんです。わたくしたちのために、どれだけ力になってくださったか」

愛梨が、甚平の手を強く握った。

「いやァ、そんなに言われると、なんだかくすぐったくなるが、金座の内に閉じ込められて貢《みつ》ぎ物《もの》にされるかもしれねえ娘さんたちの気持ちは、おれにもよくわかる。これからも、不義があればどしどしご報告しますァ」

「よく言ってくれたな、甚平さん」

俊平は、強くうなずいてから、女たちに向かって、

「されば、我が藩邸に向かおう」

と、誘いかけた。

女たちは、厳しい表情になって支度を始めた。

慎吾に甚平と愛梨を送らせることとし、しばし愛梨らに別れを告げると、外に待たせていた駕籠に女たちを乗せて藩邸にもどった。

裏門前に駕籠を着けると、さっそく惣右衛門が待ちかねたように駆け寄ってきた。

「殿、お留守の間に、あまたのことがございましたぞ」

「何だ、惣右衛門。慌ただしいぞ」

「まずは、さきほどより玄蔵とさなえがお待ちしております」

「はて、この夜更けに何であろう――」

「さらに、ただ今門前に森藩藩士が十名ほど集まっております」

「ほう、さらに数が増えたか」

「そのなかには、騎馬で到着した者がおります。あるいは、藩主の久留島光通当人かもしれませぬ」

手入れの行き届いた立派な栗毛《くりげ》の馬であるという。

「なに、久留島が現れておるのか」

「なにやら、琉球の女を隠すな。こちらに返せ、と息まいております」

「ふうむ」

やはり気がついていたかと、俊平は二人の娘を振りかえり苦笑いした。

「それにしても、奴ら、どこで我らの動きを知ったものか」

「後藤家が報せたものかと。さぞや、女たちが消えたと後藤邸では大きな騒ぎとなっておるのでございましょう」

「とまれ、こちらだ」

惣右衛門が、不安がる娘たちを急ぎ勝手口から導き入れると、しばらくして久留島光通や森藩の家士が見守るなか、表門からは慎吾が単身後藤邸よりもどってきた。

「何者ですか、あの連中は。ずんぶん数が増えております」

背後を振りかえりながら、慎吾が苦々しい口ぶりで言った。

紋服姿だが、馬上の人物は顔を見られぬよう山岡頭巾《やまおかずきん》を着けているという。

「あれは、海賊大名とその乾分たちだよ。それより、愛梨どのと甚平どのは、無事屋敷にもどったか」

「はい。無事もどっております。ただ後藤家は、女たちの姿が消えたと大騒ぎでございます」

「二人に気づく者はなかったか」

「さいわい、気づかれるようすはありませんでした」

慎吾が、落ち着いた口調で言った。

「とまれ、愛梨どのと甚平が無事屋敷にもどれたのはなによりであった。おそらく森藩の家士どもは、後藤屋敷から消えた踊り子らは柳生藩に匿われたと確信しておろうな」

「雪乃どのも、当家に匿われたと後藤家では見ておるはず。あるいは森藩にも知らせたものと思われます」

「ふむ。来るなら来い」

部屋にもどる途中、惣右衛門がせせら笑うように言った。

俊平も笑っている。

部屋にもどると、さっそく伊茶が淹れた茶を盆に乗せて運んできた。

「ご無事でございましたか」

「なに、どうということはない。それより、踊り子の二人は落ち着いたか」

「お二人とも、雪乃さんとも、奥の女たちとも、すぐにうちとけられました。この屋敷では、何でもやるので申しつけてほしいと」

「あれだけの芸のある踊り子に、下女の真似をさせるのは忍びないが、しばらくは辛《しん》抱《ぼう》してもらおう。それより、気になるのは愛梨だ」

「薩摩藩のさる人物が、愛梨にぞっこんと聞きまする。誰でございましょうな」

惣右衛門が、声をひそめてそう言い、首を傾げた。

「思いどおりにならないならば、祖国がどのような仕打ちを受けるかわからぬと、愛梨は半ばあきらめているとのことでございました」

慎吾が、金細工師の甚平から聞いたという話を披露した。

「そう言っておるのであれば、それが正直なところであろう。愛梨が不憫《ふびん》だの。私は、藩主の島津継豊殿ではないかと見ておる」

「なるほど、それなら愛梨殿が逃れられぬと覚悟されているのもうなずけます」

惣右衛門が、自分でも気づくことがあってか強くうなずいた。

「なんとも、薩摩藩の者らは、酷いことを要求するのでございますね」

伊茶が、顔を曇らせた。

「琉球は、これまで薩摩藩の下で、ずっとそのように辛い思いをしてきたのだ」

「そういえば、夕刻、筑後三池藩の立花貫長さまより書状が届いておりました」

「なに、立花貫長殿から」

「申し訳ござりません。先に申し上げるべきでございました」

惣右衛門が、慌てて懐から書状を取り出した。

「これにございます」

「貫長殿からの書状……、いったい何用であろうか？」

惣右衛門から手渡された書状を開いてみると、貫長らしい大胆な筆づかいで書き記された大きな文字が白紙に躍っている。

「なに、貫長殿によれば、筑後三池藩も薩摩藩等西国九州の諸藩と江戸留守居役同盟を結び、幕府の諸事情について、内々に知り得た内容を伝えあっているらしいのだが、先日の会合で、薩摩藩の留守居役が酒の席でうっかり口を滑らせたそうだ。お役に立てればと思い、とりあえずお報せしておくとある」

俊平は、急ぎ貫長の書状を読み終えると、それを惣右衛門に手渡した。

「はて、なんでございましょうな」

伊茶が、惣右衛門が急いでなかをあらためるまで心配して惣右衛門の手元をのぞき込んだ。

「うむ。貫長殿はな。薩摩藩が抜け荷を大規模にやっているらしいと言うておるのだ」

「それは、すでに噂になっておりますが……」

惣右衛門が、新しい話ではないのだが、と首を傾げさらに文字を追った。

「それが、どうやらはっきりしたようなのだ。薩摩藩の江戸留守居役が口を滑らせたところによれば、薩摩藩は幕府には知られぬよう琉球との交易船を偽装して、密貿易を行っているらしい」

「つまり、琉球に通う船に見立てて、じつはその船で密貿易を行っているというのでございますか」

さもありなん、と言いたげに、惣右衛門は頷いた。

「しかし、酒の席とはいえ、よくそれだけの大事を口走りましたな」

惣右衛門が、書状から目を離し呆れたように言う。

「大胆不敵な奴らよな。だが、おそらく他の同盟諸藩も内々で密貿易には手を出しておるからではないか。だからそこまでのことを言えたのだ」

「まあ。それでは、西国の諸藩はいずれも……」

伊茶が、啞然とした口調で俊平を見かえした。

「西国諸藩は、先年の飢饉《ききん》で何処も青息吐息《あおいきといき》だ。それくらいのこと、やっておらぬわけもあるまい。この話はじつは薄々私は知っていた。だが、薩摩藩が琉球に向けた船を装って密貿易をはたらいていたとは知らなかった。あるいは海賊大名の久留島光通めも、仲間となって、船を用意しているのではないか」

「大いに、ありうることと存じまする」

惣右衛門が、憤然とした口調でそう言い、いまいましげに拳《こぶし》を丸めて膝をたたいた。

「せっかく貫長殿が報せてくれたのはありがたいが、これはそのまま上様にお伝えすることはできぬな。西国諸藩に類が及ぶ。ことに、柳河藩、筑後三池藩に迷惑になろう」

「はい。貫長殿もそれを含んで、内々にお教えくださったのでしょう」

「されば、このことを知って、我らはどうするかだ」

「あ、殿。それより、玄蔵とさなえがお待ちしておりまする」

惣右衛門が、また思い出して俊平に念を押した。

「おお、そうであった」

急ぎ私室へと俊平が足を運ぶ。

「待たせたな」

私室にもどった俊平が、からりと襖を開け、部屋のなかをのぞけば、玄蔵とさなえが行儀よく行灯《あんどん》の脇に座り、静かに俊平の帰りを待っていた。

膝元に、握り飯を盛った笹《ささ》の包みと、茶が二つ置かれている。

「あ、これは夜分にお邪魔しております」

玄蔵が、丁寧に俊平に一礼した。

「すまぬな。このような夜中まで働いてもらっている。そのようなものでよいのか。酒を用意しよう」

俊平が振りかえり、慎吾に酒の用意を命じようとすると、

「あ、そのようなお気遣いはご無用に願います。まだ、大切なお話が残っております

ので、その前の酒はちょっと」

「なに、話はすぐ終わろう。それに、酒ごときで酔うおぬしでもあるまい」

そう言って笑いかけたが、玄蔵の表情は厳しい。

「それより、今夜のうちにご報告しておかなくちゃならねえことがありまして、ご迷惑とは存じましたが、それでお訪ねしました」

「今夜のうちにとは、大変なことだ。これまでどこにいた」

「はい。深川小名木川《おなぎがわ》の掘割におりました」

「ほう。それで、なにか摑めたのか」

俊平は真顔になって玄蔵の前に座り込むと、さっそく上体を傾け、玄蔵に額を寄せた。

「ここ数日、あっしは薩摩藩、さなえは森藩を見張っておりましたが、さなえの話では、あちらの藩の動きが慌ただしくなってきたっていうもので。あっしも翌晩からさなえと合流し森藩を調べておりました」

「ふむ。それはご苦労であったな」

「すると、夜の闇が降りて後、藩士が表門から大挙して外出いたします」

「はて、夜更けて藩士がの。何のためであろう」

「しかも、妙なことに、山岡頭巾で面体《めんてい》を包み隠しております」

「それは、穏やかではない。何処に向かったのであろう」

「それが、深川に出向くと、小名木川から荷船に乗り、東に向かいましてございます」

「それが、夜更けてのことで、なかなか摑みきれませんでしたが、昨晩はさいわい、荷船を降りた人足の一人をさなえが尾《つ》け、身元を確かめました」

玄蔵がそう言って、隣のさなえを見やった。

「そうか、でかした」

俊平は、真剣な眼差しのさなえをうかがった。

「船問屋〈相模屋《さがみや》〉の連中でございました」

さなえが、身を乗り出して言う。

「ほう、〈相模屋〉か」

「相模、駿府《すんぷ》一帯を根拠とする、船問屋でございます。それで、今夜はその相模屋を張っておりました」

「ふむ」

「すると、また森藩の藩士がやってまいりまして、店の人足と何をやっているのかは摑めませんが」

「相模と九州の取り合わせか。たしかに奇怪《きっかい》な行動よな」

「久留島家はかつては海賊の親玉だった家柄ですが、身のほど知らずの大船を持って
おるようにございます。それにしても、相模の船問屋に船荷を預けて何をしているか、
見当もつきません」

「夜分ですので、あたたかいお茶を淹れてきました」

伊茶が、淹れ直した茶を盆に載せて部屋に入ってくると、穏やかな仕種で二人の膝
元に置き、

「荷船に荷を積んでいたのですね」

と、話に加わった。

「まあ、食べながら話しておくれ。それにしても、まことに狐《きつね》につままれた話ではあ
る。久留島の森藩は、いったい何をしているのか」

「さようで。私どももさっぱりわかりません」

玄蔵が、伊茶が差し出した茶を受けとって嬉しそうに咽《のど》を潤している。

「で、荷船の規模は――」

「二百石ほどはあったはずです。なにやら、そうとうな数の荷を積み込んでいたよう

で」

「それで、その荷船は、どこに向かったのだ」

「じつは、そこのところが摑めず、昨夜は苦労いたしましたので、今宵は船の用意をいたしました」

「ぬかりはないな」

「まあ、私とさなえが乗ったら、沈みそうな猪牙舟《ちょきぶね》でございましたがね。付近には、船着き場もなく、船頭に頼んで荷船の近くに潜んでおりました」

「して、その者らは、何処に行ったのだ」

俊平が話を急かせるように、身を乗り出した。

「それが、海に出ていったんで」

「なに、江戸湾まで出たか」

「へい」

玄蔵は、そう言ってからさなえと顔を見合わせた。

「猪牙舟では、波も高くて、とても湾を乗りきれません。途中で引きかえさざるをえなかったんですが。前方には五百石船が帆を下ろしておりました」

「海賊大名よの。だが、一万石余でよく持てたの」

「まこととも思えぬ話ではございます」

部屋の片隅に、座す惣右衛門が唸った。

「ふうむ」

俊平は、苦笑いして玄蔵を見かえした。

「だが、なにゆえ久留島めは、船問屋を使うのであろう」

「やはり、見られてはまずい物を積んでいるのではございませぬか」

伊茶が、思いついたままを言った。

「そうであろうな。その行動、頭巾まで被っておるとは、よほど見られたくない物を運んでいるのであろう」

伊茶も、さなえもうなずいた。

「その船、船手奉行《ふなてぶぎょう》に頼んで湾で抑えることはできぬものかの」

「さあ。船問屋が荷船に荷を積んで、外洋の大船に荷を積み替えて帰るだけでは、これを差し止めることは難しいのではないかと存じます」

「まあ、そうであろうな。だからこそ、森藩は〈相模屋〉を使っておるのであろう」

俊平は、やむをえまいとまた首を傾げて腕を組んだ。

「だが、玄蔵。森藩の海賊どもが蠢いていることがわかっただけでも大きな収穫だ。

でかしたぞ」

あらためて、俊平は玄蔵の労をねぎらった。

「いいえ。まだまだこれからで。昨夜は波が高く、猪牙舟では船に近づくことすらできませんでしたが、穏やかな日なら、もう少し近づいていろいろ調べられます」

「だが、あまり無理をせぬようにな」

「それと、あっしの受け持ちの薩摩藩でございますか……」

「うむ、そちらも大事だ。なんでも、気のついたことがあったら伝えてくれ」

「ここのところ、目立った動きはあまりないのではございますが……」

玄蔵は茶で咽を潤してから、

「後藤家の番頭が、たびたび薩摩藩を訪れるようでございます」

「後藤家と薩摩藩は、やはりただならぬ結びつきのようだな」

「そう思いやす。ただ番頭が、なにか持ち込んでいる形跡はありません。連絡を取りあっているように思われます」

「はて、なにを連絡しあっておるのか」

「さあて」

玄蔵は考えてから、

「ああ、そうそう、御前、忘れるところでございました」

玄蔵は、なにかを思い出し、持っていた茶を置いた。

「後藤のところに身を寄せている舞踊団の女たちでございますが、三日ほど前に薩摩藩に呼ばれておりました。よほど贔屓にする者がおるようで」

「そのなかに、愛梨もおったのか」

「おられました。なにやら不機嫌な顔をなされて」

「はは、愛梨は薩摩藩の者が大嫌いだからの」

「だいぶ、遅くになって帰ってきましたよ。藩士が、多数付き添って後藤庄三郎の屋敷まで送っていきました」

「ご熱心なことだ――」

俊平が、あきれたように伊茶に顔を向けると、

「俊平さま、それだけご執心であれば、二人の踊り子が消えたことは、薩摩藩でも大騒ぎになっているのではございませぬか」

「これは、いよいよ薩摩藩とは全面対決となってきたな。表門に薩摩藩の者は訪ねてきてはおらぬか」

「はて、夜も更けておりますれば、あの者らのなかに薩摩藩の者が混じっておるかま

ではわかりませぬが……。さすがに馬上の男は消えており、海賊大名は屋敷にもどったようでございます」

俊平はふうと吐息を漏らし、

「伊茶、踊り子と雪乃の三人はもう寝たか」

「はい、もう床《とこ》に就《つ》いたと思われます」

伊茶は雪乃と踊り子を屋敷の隅々まで案内し、着る物の用意をしてやって床に就かせたという。

「御前のところでも、まことに厄介な事が起こっておりまするな」

玄蔵が、同情するように俊平を見やった。

「なに、さしたることはない。嫌がる女たちを匿うことぐらいのことができずに、なんの柳生藩主だ。これくらいのことで、私は音《ね》をあげぬよ」

「それでこそ、俊平様でございます」

玄蔵が、強く声を上げれば、さなえも伊茶と顔を見あわせて笑う。

「とまれ、私どもは海賊どもの動きを、いましばらく見張らせていただきます。御前は雪乃さんや踊り子をお護りください。なあに、奴らの無茶が通るほど、世の中甘くはございませんや」

「うむ、玄蔵もさなえも、よろしく頼む」

「へい。それじゃ、これで」

玄蔵はちらと伊茶を見かえし、意外なことに伊茶のつくった握り飯を包んで懐に入れた。

伊茶が驚いてうつむき、くすりと笑った。玄蔵は、伊茶の用意した握り飯が存外旨かったらしい。

「この握り飯のなかの梅が、めっぽう旨うございます。辛くも、すっぱくもない不思議な梅で」

「うむ。これは大和《やまと》柳生の庄から送ってきた極上の梅干しだよ。また、これから船を見張るのか」

「今宵は、薩摩藩邸までもどってみます」

「もう今年もわずかだ。夜は冷え込もうな」

「なあに、それくらいのこと」

「あ、それから表は、おそらく荒くれどもがまだ見張っているらしい。気をつけるのだ」

「へい、裏門から推参いたしました。また裏門から退散いたします」

そう言う玄蔵とさなえを、屋敷の裏門まで送ってから、俊平はふと夜空を見上げた。

冬の夜空は、透き通るように青白く明るい。無数の星々のなか、満月がさん然と輝いている。

「凍《こご》えそうな夜だが、玄蔵はまだ働くのだな」

伊茶に声をかければ、

「よくやってくださります。私たちも、負けてはおられません」

伊茶は、そう言って俊平の横顔を見かえした。慎吾と惣右衛門が、その二人を見守っている。

第五章　太閤《たいこう》の瓢簞《ひょうたん》

一

遠耳の玄蔵が、藩邸の庭先に一人姿を現したのは、それから三日経った日の夕刻のことであった。

柳生藩の正門はいつも開け放たれ、町人が道場の見学に出入りしているが、今も見物人に混じって、黒い影が五つ、六つ蠢いていると玄蔵は言う。

「はは。まだおるか。それにしてもしぶとい奴らだ」

「先日は紋服姿の武士団が混じっておりましたが、今日は、みな町人のようです。でも、あれは並の町人じゃありません。油断はできません」

玄蔵が、玄関で背後を振りかえってもういちど用心深く夕闇をうかがった。

「その町人は、琉球古武術の武闘団であろう。こちらのほうが、海賊どもより強いし、知恵がまわる」

その影に目を凝らして、俊平が言った。

「こうなれば、しばらく睨み合いとなりましょう」

「まあ、勝手にやらせておけ。まずは上がってくれ」

玄蔵を部屋に招き入れ、温かい茶でもふるまおうとすると、

「いえ、そうもしておられません。じつは、奴らの荷船に今夜はもう一度近づいてみようと思っております」

「そうか、やるか」

「あっしも、今度の山には、命を張る覚悟でございます」

玄蔵が、気負った口調で言った。

「はは、本気だな」

「へい。小判の改鋳は、天下万民にとっても一大事でございます。その大事を利してその懐を肥やそうという魂胆《こんたん》の野郎どもは、許すことはできません」

「それは私も同じ思いだ。おぬしは、薩摩藩やその手下の海賊大名が、必ずやこの国の金をくすねていると思っておるのだな」

「しかも、大量に。きっと、そうにちがいありません」

俊平は三和土《たたき》に腰を下ろすと、同じく腰をおろした玄蔵をあらためて見かえし、

「私も、腹を括《くく》って取り組む覚悟はできている。さいわい、今宵は穏やかな日よりだ。海も波は高くはあるまい」

「やるなら今夜でございます。ただ、帆船に乗って闘うことは無理がございます。荷船の段階で抑えたいところでございます」

「そうなろう。強引なことはできまいが、どうする」

俊平は玄蔵に額を近づけた。

「そこでございます。柳生様とあっしで、まず荷をこっそり暴いて、積荷をあらためます。そのうえで、奉行所の役人の手を借りる段取りになろうと思います」

「うむ。それでいこう。手抜かりなくな」

俊平は、玄関口から廊下に向かって、

「慎吾はおるか――」

と、大声をあげると、すぐに慎吾が現れた。

「おお、慎吾。これより北町奉行所に行き、稲生下野守正武《いのうしもつけのかみまさたけ》殿に出動の準備をお願いしてまいれ」

「いよいよ捕り物となりますか」

「うむ。薩摩藩の動きも一挙に抑えたいが、町方ではそこまではゆくまい。だが、後藤庄三郎の悪巧《わるだく》みは阻止《そし》することができる」

「後藤を抑えることができれば、まずは大手柄でございます」

「うむ、うまくいけば、奴をお縄にできるやもしれぬ。あ、それと、こたびは若党も数名連れていくことにしよう」

「はい。なれば、私もお伴いたします」

「うむ。そちもまいれ。まずは道場の腕達者五、六人を選び出してくれ」

「心得てございます」

慎吾が屋敷奥に消えていくと、俊平はさっそく着替えをすませ、玄蔵とともに屋敷の裏門に向かった。

玄蔵が、裏門外にたむろする武闘団の影をうかがう。

「どうだな」

「三、四人の姿が見えます。撒《ま》くのはちと面倒だな」

そうこうするうちに、慎吾が五人の若党を連れてやってきた。

若党たちは俄《にわ》かに呼ばれたため、おっとり刀である。

「おお、そちら、よう来てくれた。今宵はちとはたらいてもらう」

俊平はそう言って、ちらと門外のようすをうかがい、

「まだ見張りがおるようだ。これだけの人数が出ていけば、何事かと警戒されよう。一人ずつゆっくり出ていくことにいたせ」

「集合場所は一丁ほど先の赤松の根元にある茶屋とする」

「かしこまってございます」

若党が揃って顔を見あわせ、うなずいた。

「玄蔵、そなたも先に、〈相模屋〉が専用する掘割の船着き場に行ってまいれ。我らも、後から追いかけていく」

そう言って、先に玄蔵を送り出すと、六人も後を追って姿を消す。

俊平一人となった。

見張っていた伏龍党の男たちは、出ていった若党を追うか追うまいかと迷っているようすであったが、かなりの数が出ていったのをやはり無視もできず、その後を追っていった。

「ようし、私も置いていかれては悲しうございますぞ」

惣右衛門が、俊平を追って屋敷の勝手口から出てきた。

伊茶も背後からついてくる。

「いや、そちを忘れたわけではないのだが、今宵は、しんしんと冷え込む。そちには、休んでもらいたいと思うた」

俊平が、笑って惣右衛門の肩をたたいた。

「これはなんたること。水臭うございますぞ。私はまだまだ働けまする。老いぼれてなどおられませぬぞ」

惣右衛門が、不満げに口をもごつかせた。

「すまぬな。そちを軽んじたわけではないのだ。だが、向かう先は小名木川の掘割近くだ。場合によっては、争って川に落ちることになるやもしれぬ。そちは、水が苦手であったな」

「殿ほどは泳げませぬが、なんのこれで、訓練は欠かしておりませぬ」

「なに、冬の水は冷たい。無理をするな」

「それより、深川の掘割に何をしにいくのです」

「海賊退治よ。親玉が現れるかどうかはわからぬが、覆面《ふくめん》をかぶった乾分どもは、大勢現れるはずだ」

「されば、それがしもはたらきがいがありますな」

惣右衛門がそう言って、口をへの字に結び刀の柄を握りしめた。

町はとうに寝静まり、人影はほとんどない。通りの外れの赤松の陰に、裏門を出た慎吾と若党五人が俊平と惣右衛門を待ち受けていた。

闇をぬって二人に近づいてくる。

「どうした。琉球の武闘団は……」

「あいにく撒くことができず、まだ物陰に潜んでいるかと」

慎吾が、残念そうにそう言って周囲を見まわした。

「そうか」

なるほど、向こうの荷の陰に数人の男の姿が見える。

「まあよい。あの者らとて、薩摩に使われて、不本意で動いておるのだ。放っておけ」

「よろしいのですか。森藩の連中や後藤家の者に連絡がまいるやもしれませぬぞ」

惣右衛門が、男たちを睨んで言う。

「されば、しばらくの間、我らがどこに向かうか奴らに気づかれぬようにしておかねばならぬな」

俊平はそう言ってから、茶店をうかがい、

（まずは、茶でも飲んでいかぬか）

と、なかにみなを誘った。

親爺が現れ、

「もう店を閉めようと思っていたところで」

と言うのを、

「まあ、よいではないか。もうひと稼ぎいたせ」

と、惣右衛門が主《あるじ》を宥《なだ》め、一同、長床几《ながしょうぎ》にずらり座って店の親爺に茶と団子を頼めば、武闘団の面々は、安堵したかややこちらに近づいてようすをうかがっている。

「早く去ってしまえばよろしいのですが」

慎吾が、いまいましげに言った。

「これは、なにか策を考えねばならぬな」

そう言って、俊平はそれでものんびりした調子で好物のみたらし団子を口に運ぶと、ほんのりとした甘味が口中に広がり、思わず笑みが浮かぶ。

「玄蔵は先に行った。どうしておろうの」

俊平が惣右衛門に語りかけると、

「なあに、玄蔵の足です。相模屋の船着き場に着いているかもしれません」

惣右衛門も団子は好物と見え、旨そうに口に運ぶ。

「そうだな」

俊平はもうひとつ団子を平らげると、また店の外をうかがった。

「奴らめ、まだおるわ」

苦笑いして茶を口に含み、若党の分の代金も払って外に出れば、もうとっぷりと降りた夜の帳《とばり》のなか、通りでは冷え冷えとした冬の風が舞っている。

と、笠を被った女が一人、三味線らしき包みを小脇に抱え、するすると柳生藩の一行に近づいてくると、ちらと物陰の男たちに目をやってから、書付らしい紙片を俊平に急ぎ手渡し、足早に去っていった。

「あれは、何者でございます」

狐につままれたような顔で慎吾が駆け寄ってきて、不審な眼差しで女の後ろ姿に目をやった。

「なに、あれはさなえだよ」

「さなえで、ございますか」

慎吾が、驚いたようにつぶやいた。

「申したであろう。さなえの変化《へんげ》の術は、もうかなりのものだ。ちょっと見には、わかるまい」

「はあ。あれなら、流しの鳥追女《とりおいおんな》としかみえませぬ」

「何と書いてございます」

惣右衛門が、俊平の手元をのぞき込む。

「相模屋に、妙な荷駄隊が訪れ、十余りの重そうな荷を店内に運び込んだという。おそらく、これは玄蔵ではなくさなえの目で見たものだろう」

「荷駄隊でございますか……」

「その荷駄隊には、紋服の侍二名が付き添っていたと書いてある。どうやら武家の荷らしい」

「これは、いささか臭いますな」

惣右衛門が、唸るように言った。

「されば、これより相模屋に向かう。小名木川沿いの海辺大工町《うみべだいくちょう》だ」

若党が気負い込んで刀を摑んだ。

「それぞれ小走りに駆け、相模屋の店前で集合としよう。できるだけ一人一人があ奴らを引きつけ、私と惣右衛門の動きを気取られぬようにしてほしい。私たちは中村座に向かう」

「はて、中村座とは――」

惣右衛門が、怪訝そうに俊平をうかがった。

「なに、芝居見物だよ」

言ってから、俊平はにやりと笑い、慎吾の肩をたたいた。

慎吾は、きょとんとしている。

一人、また一人と若党が一行から離れ、駆け足で深川に向かう。

俊平と惣右衛門は、反対方向、堺町の芝居通りに向けてゆっくりと歩きだした。

やはり、数人の男たちが後を追ってくる。

芝居小屋はすでに幕を下ろし、客も帰ってしまった後で、木戸番の姿もなく、俊平と惣右衛門は、小屋に入ると客席を越えて裏手に回り、すばやく裏木戸から抜けて裏の小路に飛び出した。

「これなら、まず追ってこられまい」

俊平と惣右衛門は、そのまま駆けた。

裏通りをいくつも突き抜け深川海辺大工町には、半刻（一時間）ほどで到着した。

相模屋の入り口近くは、さなえの書付に記されていたように空《から》の荷車がうち捨てられたように道脇に置かれていた。

「あれに積んできたのだな」

天水桶《てんすいおけ》の脇に身を隠した俊平が、惣右衛門に告げた。

「殿、あれに」

惣右衛門が、店の脇、風にはためく暖簾《のれん》の脇に身を潜める慎吾と若党の影を見つけた。

慎吾もこちらに気づいたか、五人を残し駆け寄ってくる。

「どうであった。奴らは、うまく撒《ま》けたか」

「そのつもりではありますが……、確信はもてません」

慎吾は頭を掻いたが、

「よいのだ」

俊平は笑って肩をたたいた。

「それより、運ばれた荷を確認したい。今、荷はどうなっておろうか」

「私たちは、四半刻（三十分）ほど前にここに到着いたしましたが、運び出された形跡は、今のところありません」

慎吾が若党に確認して言う。

「おそらく、ここから荷船に積み込むのであろう」

「早瀬が、船着き場に見に行っております」

早瀬源次郎は、まだ二十歳そこそこだが若党の間で頭角《とうかく》を現してきた男である。

「そうか。ならば、我らもそちらに向かうとしよう」

慎吾と四人の若党に命じ、俊平は店の裏手に廻る。

小名木川の川縁《かわべり》の小路を下っていくと、澱んだ流れに荷船が静かに停泊していた。

船からぼんやりとした灯りが漏れている。

人影はなかった。

冬の川風が肌に冷たい。

「ご藩主。今のところ動きはありません」

早瀬が駆け寄ってきて、俊平に耳打ちした。

「まだのようだな」

一行が、古い屋根船の陰に身を潜めていると、

「御前――」

いきなり現れた人影が、俊平の背後から声をかけてきた。

遠耳の玄蔵である。

「おお、そちか。ずっとここにいたのか」

「へい。今のところ動きはありません。ただ、だいぶ前になりますが、店の前に大きな荷車がやってきまして、重そうな木箱を下ろしておりました」

「さなえが書付をよこした」

「へい。その人足についてきた侍の人相がどうも――」

「よからぬ、というか……」

「へい」

玄蔵がにやりと笑う。

「海賊どもかもしれぬな。まあ、いましばらく待とう」

そう言って、停泊中の別の荷船の蔭に隠れ、さらに四半刻ほど待っていると、頭上の柳の下にいきなり相模屋の者らしい人足の影が七つ現れた。

そのなかに、番頭の姿もある。

二人ずつが、荷を重そうに抱えて掘割を下りてくる。

「来たな」

俊平が、慎吾と若党を背後にした。

重そうな小箱は、全部で十個。荷船から数人の人足が現れ、木箱を受けとって船内に運び入れる。

十個すべてを運び込むと、山岡頭巾に顔を隠した紋服姿の侍が土手の上に勢揃いした。

「現れやがったな」

玄蔵が唇を曲げて言った。

「前夜は、あんなもの着けていなかったが、今夜は着けていやがる」

吐き捨てるように玄蔵が言う。

「よほどこっそり事を運びたいようだな」

俊平が、男たちを見上げて笑った。

「今夜は、荷も多いようで」

「うむ。今夜が山場なのかもしれぬな。なんとしてもここで荷を押さえねばならぬ」

俊平が闇に蠢く人足を目を細めて見やった。

「しかし、ここで御前の正体が知れては、ちとまずうございます」

玄蔵が言う

「そうかな」

「久留島め、なにかにつけて持ちかけてきそうで」

「されば、方策は考えよう」

「と、申されますと」

「奴らと出会うことは、予想してきた。それゆえ、これを持参しておる」

俊平が、懐中から頭巾を取り出した。濃茶《こいちゃ》の山岡頭巾である。

若党の間からどよめきが起こった。

「されば、いずれ呼び寄せるゆえ、ここで待っておれ。いっせいに押しかければ、船を出して逃げていこう」

「お一人で大丈夫ですか」

玄蔵が心配そうに俊平をうかがった。

「なに、海賊と人足ごとき」

「お気をつけて」

俊平が一人、水辺まで飛び出していくと、それに気づいた土手の男たちが、俊平を指差し叫びだした。

それが聞こえたのか、人足がいっせいに俊平に振り向く。

「おまえは、何者だ！」

人足たちを搔き分けるように前に出て、番頭が言った。

「私は、この河原でのんびり船の行き来を見ていた者」

「ならば、邪魔だ。あっちに行っておれ」

今度は、荷船から姿を現した紋服の侍が居丈高《いたけだか》に叫んだ。

「ここは、通行勝手の掘割だろう。どこにいようと、私の勝手だ」

「なにッ」

船の上の人足が凄《すご》んだ。

「邪魔になるから、あっちに行けと言うておる」

「わたしは、おぬしらの邪魔などしておらぬ。それより、慌ただしそうだの。何を運んでおるのだ」

「おまえの知ったことではない」

番頭が言った。

「よいではないか。私は酒が好きでな。酒を入れるよい入れ物を探している。相模屋では、昔太閤秀吉が作らせたのと同じ黄金の瓢簞を商《あきな》っていると聞いた」

「なにッ。瓢簞ッ！」

船の男たちが、いっせいに船縁《ふなべり》に駆け寄ってきて、俊平を見下ろした。

「おまえは、いったい何者だ」

「私はただの酒好きの遊び人だよ。さっき運んで来た木箱のなかにあるものは、いったいなんだね。もし〈太閤の瓢簞〉だったら、ひとつ分けてくれぬか」

俊平は、ふらふらと荷船に近づいていくと、ひょいと甲板に飛び乗った。

「こ奴ッ」

男たちが俊平を取り囲み、刀の柄に手をかけて、ようすをうかがった。

「おいおい。やめてくれ。喧嘩をしに来たわけじゃない。さっきも言ったが、私はただの酔っぱらいだ。瓢簞で酒を飲んでみたい。それだけだよ」

俊平はさらに甲板をすすんでいき、運び込んだ木箱に近づいていった。

いきなり刀を鞘ごと腰間から引き抜くと、人足は驚いて飛び退いた。

刀の鐺《こじり》で蓋《ふた》を激しく突く。

蓋が弾け跳び、なかの荷が露《あらわ》になった。

俊平が、なかをのぞいた。

「ほう」

麻布《あさぬの》が被せてある。それを、俊平は手で剝ぎ取った。

「これは、凄い」

俊平は目を輝かせた。

黄金の瓢簞がなかにびっしりと詰め込まれている。

「これは、大したものだな。こんなもので飲んでみたかったのだ」

俊平は、ひとつ手に取った。これは、どうやら金箔張りの瓢簞であろう。思いのほか軽い。

「誰か、酒を持て」

「こ奴め。それを離さねば、賊として斬り捨てるぞ」

肩をいからせた大きな眼の男が、刀の柄に手をかけた。

「言うたであろう。私は賊などではない。相模屋の客だ。この〈太閤の瓢簞〉を買い求めたい。金はいくらでもあるぞ」

俊平はそう言って、刀の鐺で、木箱の蓋を弾き飛ばしていく。

「ほう。木箱のなかはすべて〈太閤の瓢簞〉か」

「こ奴ッ！」

「まあ、待て。私はもっと重い純金製の瓢簞が欲しい」

「そのような物が、あろうはずもない」

「いや、ある。あるに決まっておる」

俊平が、金箔張りの瓢簞をかき分けると、下からずしりと重そうな純金の瓢簞が姿を現した。

「ええい、許せぬ」

前方の眉の濃い大男が、抜き打ちざま斬りかかってきた。上段から真一文字の打ち込みである。

だが、その刀身は虚空を斬っていた。

俊平は、するすると前に出ると、体勢を崩したよろけるような所作で峰打ちに男の肩をたたいた。

男が、よろけて川に落ちる。

「御前――！」

玄蔵が無反《むぞ》りの直刀を抜き払い駆け寄ってくる。

「殿、ご助勢いたす――ッ」

若党五人が、いっせいに荷船の脇から飛び出してきた。

と、次の瞬間、思いがけないことが起こった。土手に立つ数人の覆面の武士が、いきなり大きな投網《とあみ》を宙空高く放り投げたのである。

大網は、宙空でさらに大きく膨らみ、五人の頭上に襲いかかると、若党は逃れる間もなくからめ捕られた。

若党はもがき、激しく体を蠢かせるが、かえって網がからみつくばかりである。

一網打尽《いちもうだじん》であった。

土手の男たちが、抜刀していっせいに駆け下りてきた。

向かう先は、船の上の俊平と玄蔵である。

「殿ッ——！」

惣右衛門が、抜刀して荷船に駆け寄っていく。

「玄蔵、これを受け取ってくれ」

俊平が、〈太閤の瓢箪〉を宙空高く放り投げた。

「証拠は、押さえた」

「へい」

瓢箪を受けとった玄蔵が頷く。

船上の男たちを睨み据えるなり、荷船から飛び下りると、土手の上からおりてくる男たちを迎え撃ちにかかる。

紋服の男たちが抱え込んでいた手槍を操り、ぐるぐると頭上で旋回させて俊平に向かって激しく突いてきた。

手槍といえども刀身よりは長く、踏み込みにくい。

槍はいっせいにそれぞれの頭上で旋回し、左右から俊平に突き込んでくる。

俊平は土手に駆け上がり、また跳び降りて、旋回する槍の軌道《きどう》を避けながら、手槍をつぎつぎに刀身でたたいていく。

「うぬらは、森藩の者に相違ないな」

「問答無用ッ！」

槍では刺し殺せぬと見た男たちは、抜刀し斬りかかってくる。

「ほう、次は刀か」

俊平は、やむなく刃をかえした。

男たちが、さっと彼方に跳び、遠巻きにして俊平をうかがう。

「あくまでもやるというなら、もはや遠慮せぬ。命の保証はせぬ」

俊平が押し出せば、男たちは彼方にひき退がる。

と、土手の方角から、いきなり銃声が上がった。

俊平のすぐ脇の土手で、弾丸が弾けた。

土手の上に新手《あらて》の藩士が三人、こちらに銃口を向けている。

「危ない！」

玄蔵が手裏剣《しゆりけん》を、土手に向かって放った。

銃声があがった。

手裏剣を食らった男がうずくまる。

残った二人が銃を構え直し、ふたたび俊平に狙いを定めた。

と、遠方で、蹄《ひづめ》の音がある。

左右の土手道を、町奉行所の役人の群が駆けてくる。

そのなかに、慎吾の姿があった。

まずいと見た紋服の一団が、慌てて荷船に乗り移っていく。

相模屋の番頭や人足が、おろおろしながら船上で立ちすくんでいるのが見えた。

捕り方の後方に、馬上に陣笠《じんがさ》を着けた北町奉行稲生下野守正武の姿があった。

「おお、来たな」

駆け寄ってきた惣右衛門に向かって俊平が叫んだ。

「しかしながら、奴らはあのようにまんまと逃げていきますぞ」

「うむ。だが、これを押さえたのは大収穫だ」

俊平は玄蔵が抱える〈太閤の瓢箪〉をたたいた。

玄蔵も得意そうに笑っている。

「どこまで追及できるか。とまれ登城し、上様とご相談してまいろう」

俊平は若党らの網を解き、立ち上がった若党らをねぎらうと、土手の坂道をひとり駆け上がっていった。

二

江戸城中奥《なかおく》将軍御座所《ござしょ》の間《ま》は、その日、将軍吉宗に呼び出された二人の大名と御金改役後藤庄三郎らを迎えて、張りつめた緊張のなかにあった。

さらに、右手狩野《かのう》派《は》の絵師の描く鶴の襖の前には、柳生俊平と老中筆頭松平乗邑が端然《たんぜん》と座している。

吉宗の前には、〈太閤の瓢簞〉が置かれている。

「こたび余は献上品の〈太閤の瓢簞〉で酒を飲んだ。黄金の酒じゃ。じつに旨い。後藤はこれに見覚えがあろう」

吉宗が、下座に座す後藤庄三郎を鋭く見つめた。

「当家の金細工師が、作ったものに相違ございませぬ」

「島津殿、よう来られた。久しいの」

吉宗は、上座から身を乗り出し、庄三郎の隣の島津継豊に親しげに語りかけた。

「はは。上様におかれましては殊《こと》の外《ほか》ご健勝《けんしょう》のごようす。慶賀《けいが》の至りと存じまする」

「うむ。このところ、体調は上々のようじゃ。食事も旨い。酒も旨い。というても、食事は一汁三菜と地味なものじゃが、これがかえって身体には良いようじゃ」

「それがしも、このところ粗食につとめております。そも、わが領地は土地も痩せ、採れるものといえば蕎麦や芋《いも》でござりますが、それがかえって身体にはよく、このところ病らしい病もしておりませぬ」

「それはよいの。薩摩といえば、芋焼酎。芋は薩摩より諸国に伝播《でんぱ》し、飢饉を救うたこともあった」

「御意《ぎょい》――」

「余は焼酎も飲むが、伏見《ふしみ》の酒がやはり旨い。贅沢をしてはならぬと心に決めておるが、酒だけはやはりよいものが飲みたい」

吉宗は、海賊大名久留島光通をちらと見て笑う。

「わが藩は琉球を預からせていただいておりまするが、彼《か》の地の泡盛なる地酒も美味にござりますぞ」

「うむ。そちのところから、毎年贈ってもらっている。先日は、この〈太閤の瓢箪〉で飲んでみたが、あの酒はちと強いの」

「さようで、ございますか」

島津継豊は鷹揚《おうよう》に笑う。

「泡盛は大きなものにでも入れて飲んだほうがやはり旨いの。この瓢箪は、やはり美酒を飲むものじゃ」

「さようでござりますな」

島津継豊は笑って左隣の久留島光通を見かえすと、久留島は辛そうに作り笑いを浮かべている。

「ところで、島津殿。この瓢箪、いつぞや後藤家の金細工師が作り、献上してくれたものと似ておるが、じつはちがうものじゃ」

「ちがう？　はて、何処《いずこ》にてお手に入れられました」

島津継豊が真顔になった。

「船問屋相模屋に運び込んだものを、北町奉行稲生下野守正武が、抑えた」

「はて、それはいかなる子細《しさい》でござりましょう」

「あいにく、多数の黄金を積んだ荷船を取り逃がしたが、ここな柳生俊平は、荷船には多数の黄金の瓢箪が積まれていたのを見たという」

「なんと――！」

「俊平、そなたが見たままを、島津殿ならびに後藤庄三郎にお伝えいたせ」

「はっ」

柳生俊平は、吉宗に一礼すると、あらためて島津継豊、後藤庄三郎に向き直り、白《はく》扇《せん》を立てて、しばし息をととのえる。

「十日ほど前、深川の海辺大工町の相模屋手前の船着き場にて、それがしが相模屋の船荷に触れる機会を持ちましてございます」

御座の間がしんと静まりかえる。

「木箱にはびっしりと〈太閤の瓢簞〉が詰められており、その一つを取ってみれば、いつぞやそれがしが、堺町の芝居茶屋〈泉屋〉で見た金箔張りの瓢簞でございました。しかし、それは上辺《うわべ》だけ、なかをかきわけ詰めたものを取り出してみましたところ、ずしりと重い手応えの黄金の瓢簞が出てまいりました。しかも、その純金製の瓢簞が、箱に三層に並べられておりました」

「三層か、それはすごいの」

吉宗が、面白そうに応じた。

「そうした木箱が十箱。一箱で、一万五千両はしようという代物にて、十箱でおよそ十五万両に及ぶものでございました」

「ほう、十五万両とは驚いた」

吉宗は、言ってぐるりと下座に座す大名二人と後藤庄三郎を見まわす。

「その荷は、お庭番遠耳の玄蔵の申すところによれば、連日のように江戸湾に待つ五百石船に運ばれていたよし。併《あわ》せれば、数十万両の黄金が、何処かに積み出されたかしれませぬ」

「それは、十日ほど前、船問屋相模屋が久留島藩の頼みで船に積み込んだというが」

松平乗邑が、久留島光通を見て厳しい口調で問いかけた。

「さあ、それは存じませぬ。相模屋は、何と申しておりましたか」

後藤庄三郎が、久留島に代わって吉宗に問いかえした。

「相模屋は、行方不明となっておると聞く」

壁際の松平乗邑が言った。

「その話がまことであれば、由々《ゆゆ》しき事態じゃ。後藤庄三郎、この瓢箪、そちの金座の工房で作ったものか」

吉宗が、厳しい口調で後藤庄三郎に問いかえした。

「わが工房にて作ったものは金張りにて、純金製の瓢箪ではござりませぬ。まったく驚きましてございます」

「しかし、庄三郎。そちは、およそ一月《ひとつき》ほど前、金細工師が作ったものとして、余に金製の瓢簞を献上しておるぞ」

「あれは、金細工師の手遊びにて、ずっと軽いもの、作ったものもただ一つにて。そのような重い瓢簞など、作らせた覚えがございませぬ」

「それは、異なことよ。余はその黄金の瓢簞を柳生俊平に持ち帰らせた。本日はそれを持参したそうじゃな」

「はい、これに」

俊平は、小脇に置いた風呂敷包みから、吉宗から貰い受けた黄金の瓢簞を取り出した。

「うむ。俊平、そちのものと、この黄金の瓢簞、両方を取って重さを比べてみよ」

「ただ今」

俊平が、するすると吉宗の前の純金製の瓢簞に近づいていった。

取りあげると、やはりずしりと思い。

「いずれも、重うござりまするな」

「そうであろう」

吉宗がにやりと笑った。

「まさしく、この重さは、先日それがしが〈駿河屋〉の船荷から取り出した黄金の瓢簞の重さ。忘れもいたしませぬ」

　俊平がにやりと笑って後藤庄三郎を見かえせば、顔を伏せいまいましそうに口を閉ざしている。

「形はどうじゃ、俊平」

「かたちも、寸分たがわず同じものでござりまする」

「同じか。やはり後藤庄三郎、これは、そちのところで作ったものであろう」

「たしかにそうではございますが、あれは上様への献上品にて、それ以外、作った覚えはございませぬ」

　庄三郎は、大きく首を振って平伏した。

「それでは、庄三郎。そちのところでは、純金の瓢簞は余に献上した物以外作った覚えはないと申すのじゃな」

「まったくもって、覚えなきことにござります」

「ふうむ」

　吉宗は、ひと息入れて、久留島光通に目を向けた。

「久留島光通。そちの家士が、相模屋にこの純金の瓢簞を運び入れたというが、まことか」

「滅相もござりませぬ。わが藩に、そのような不届《ふとど》き者は一切おりませぬ」

「妙じゃの。俊平。そちは荷船にて、紋服姿の覆面の一団と対決したそうじゃが、その一団、いずこの者であった」

「はて、しかとは確かめられませんでしたが、紋服の紋章は折敷《おしき》に縮み三文字であったと記憶しておりまする。投網を武器としておりましたゆえ、海賊ゆかりの者と推察しておりました」

俊平は、久留島光通を見かえし笑った。

「海賊ゆかりの者か」

吉宗もつられるように笑う。

「上様。されば相模屋に問い直してみてはいかがかと存じまする」

島津継豊が、久留島光通に代わって口をはさんだ。

「相模屋か……」

「相模屋はむろんのこと、荷を受けとった番頭や人足も同様で行方不明と申しまする」

松平乗邑が静かな口調で伝えた。

「俊平、そちはいまひとつ、純金の瓢箪を持っているというが」

「はい。これは、さる女人から贈られたものにて、その者、後藤殿の屋敷におったと申しております」

「ほう、その女とは」

「琉球の王家縁《ゆかり》の者にて、金座を訪ねております琉球金細工師とともにまいった者でございます」

「ふむ。相違ないな、島津継豊」

「たしかに。それがしが琉球国に命じ、金細工師の慰めに派遣いたしました」

「その女人が、後藤殿の屋敷から戯《たわむ》れに持ち出したもの。お許し願いたいと申しております」

「後藤庄三郎、そちの屋敷にその純金の瓢簞はあったというぞ」

「いえ、そのようなもの。当家にあろうはずもございませぬ。なにかのまちがいと存じまする」

後藤は口元をへの字に曲げ、頑《かたく》なな口ぶりで言った。

「されば、その純金の瓢簞。柳生が贈られたものではないのだな」

「それは、当方のかかわりなきことにござりますな」

後藤庄三郎は怒ったように俊平を見据えて言った。

「その女人、王家ゆかりの者というが、たびたび島津家に呼ばれて舞を所望されているという。話に聞けば、島津殿がたいそう気に入り、側室に迎えたいとの話も出ているそうな」

「お戯れを。そのようなこと、上様は、どこでお聞きになられました」

「はて、余の聞きちがいか」

「おそらく」

「島津殿、そのような話は、ないということじゃな。その女人は琉球に帰りたいそうじゃ。帰してやるがよい」

「心得ましてござります。伝えておきまする」

島津継豊が渋い顔をつくって平伏した。

「時に、島津殿。そこもとの領内には金山があったの」

「は、金山でござりまするか」

継豊が素知らぬふりをして、応じた。

「たしか、串木野金山と申したと思うが、その後どうなっておったかな」

「は、それなれば、このところ生産量は日に日に落ち、昔日《せきじつ》の面影もござりませぬ」

「そうか。幕府の金山もすっかりだめになった。佐渡、甲州もさっぱり採れぬ。どうじゃ、ともに知恵を出し合い、採掘法を改良してはみぬか」

「ぜひにも、お知恵をちょうだいしたく存じまする」

「されば、貴藩の現状を幕府に伝えてくれ。よいな」

「承知いたしました」

ふてくされたように、島津継豊が応じた。

「さて、久留島光通――」

「はは――」

久留島光通は、下座の畳に額を押しつけ深々と平伏した。

「相模屋周辺に出没した泥棒は、家臣ではないことはさきほど聞いた。ところで、そちは海賊大名と異名をとるそうな」

「は、それは悪しき冗談にて……」

久留島光通は苦笑いして吉宗を見かえした。

「そちは、島津殿とも親しいと聞いたが、それはなぜじゃ」

「はて、なぜと申されましても」

「南の海で、ともに交易に励んでおるか」

「そのような。わが藩には、海に出る余裕はもはやござりませぬ」

「それは残念じゃな。そちを海に放てば、覇者《はしゃ》ともなろうに」

吉宗は、大袈裟に惜しんでみせた。

「上様、ご冗談にございましょう」

「光通、そちの野放図は面白いが、あまり他藩とつるむでないぞ。内政に励め。飢饉の影響はまだ残っておろう」

「は、しかと心得ましてございまする」

久留島光通はそう言って面《おもて》を伏せ、ちらと柳生俊平をうかがった。

俊平はかすかに微笑んだ。

「乗邑……」

吉宗は、あらためて部屋の隅に控える首席家老松平乗邑に声をかけた。

「これで、よいかの」

「はて、なんのことでござりましょうな」

乗邑はいきなり声を荒らげ、怪訝そうに吉宗を見かえした。

「いろいろ疑わしきことはあるが、こたびはこれ以上追及せぬということじゃ。今は天下万民のため、貨幣の改鋳がなによりの急務じゃ。後藤より他に人がおらぬ。庄三郎には、なんとしても貨幣の改鋳を成し遂《な》《と》げてもらいたい」

「はは」

後藤庄三郎は、険しい顔をして平伏した。

「島津殿、琉球のこと、貴藩に預けておる。だが、あくまで幕府の意に背《そむ》くことのなきようにな」

「滅相もなきこと」

「また、琉球王国の尊厳をそこなわぬよう、ぜひにも気遣いを忘れてはならぬ。再度申すが、王国の血をひく姫は、国に帰りたいと申しておる」

「かしこまってございます」

島津継豊は顔を歪めてそう言うと、怒りを隠すかのようにうつむいた。

「今日は、これまでといたす。みな大儀であった」

吉宗はすっくと立ち上がり、俊平をちらと見やって微笑むと、小姓とともにそそくさと部屋を去っていくのであった。

三

「柳生さま、ここまでくればもうじゅうぶんでございます」

愛梨が、二人の踊り子と頷き合って俊平に告げた。

琉球の女たちとともに柳生俊平は、東海道《とうかいどう》を西に向かっている。

しばらく柳生藩邸に匿っていた琉球の踊り子二人を、大和柳生の庄に送り届けるためであった。

俊平は、大和の領地に一時帰国することになっている藩士早瀬源次郎を付けることにして、ここ東海道を芝大門《しばだいもん》辺りまで送ってきている。

将軍吉宗を交えての江戸城での対決を経て、薩摩藩主島津継豊も森藩主久留島光通も、後藤庄三郎も、もはや三人に手出しをする恐れはなくなったが、それでも何かあってはと、俊平は三人に寄り添い、離れることはない。

——柳生の里でしばらく暮らしてみるのも悪くありません。

そう言う砂輝と波那は、日本での暮らしにもようやく馴染んできたのか思いの外明るい。

一方、愛梨は数日後、薩摩に向かう船に乗って、坊ノ津《ぼうのつ》から琉球に渡るという。

「ほんとうに、この辺りでけっこうでございます」

女たちが俊平に大丈夫と念を押すが、俊平はまあよい、と離れようとしない。

この三人と一緒にいることが、妙に心地よいのかもしれなかった。

結局、さらに道ゆきはすすみ、左前方に海の見える街道沿いの道を品川宿《しながわしゅく》に向かっている。

「柳生さま、愛梨さまとご一緒なのが、嬉しいようでございますね」

砂輝がからかうように言えば、

「そのようなことはない」

俊平は、真剣な顔をして否定する。

「伊茶さまに、言いつけてしまいますから」

波那が、面白がって俊平をからかった。

「はは、私は伊茶を大切にしている。だが、愛梨どのと一緒にいる時も、それはそれで愉しいのだ」

俊平は、素直に思うままを言った。

「でも、私も国に帰ってしまいます。お名残惜しうございます」

愛梨は、俊平を見かえし、悲しい表情になってしまった。

「島津継豊殿は、上様と約束をなされた。よもや琉球にもどったそなたに、また言い寄ることはあるまいが、もし、何かあったなら、私に書状をしたためてくれ」

「はい。でも、その時は、ほんとうに何とかしてくださいますか」

「むろんだ。できるかぎりのことをする」

「まあ。それでこそ、柳生様でございます」

砂輝が力強く言って、波那と顔を見あわせた。

「殿、あれに見える者らは……」

突然、ともに街道を往《ゆ》く用人の惣右衛門が、険しい表情で腰間《ようかん》の刀に手を添えた。

「どうしたのだ、惣右衛門——」

「あれに見えまするは、何者でございましょう」

前方、街道沿いの松の根元に、見たことのある男たちが七人たむろしている。

「やや、あれは琉球の武闘団伏龍党の一団でございまするぞ」

惣右衛門が、険しい口ぶりで言った。

「まちがいない」

俊平は、女たちを背後に庇《かば》った。

伏龍党にはいちど不覚をとっている。

とっさに道をそれ逃げようかと思ったが、女連れで逃れる余裕すらなさそうである。

伏龍党の一団は、見る間に近寄ってくると、一行五人をばらばらと囲んだ。

「安里昌玄《あざとしょうげん》、何用です」

愛梨が、俊平の前に立ち、叫んだ。

安里という男が一団の長らしい。

「こ奴とは、決着がついていない」

「何の決着です」

「こ奴とは、深川で争った際、勝負がついていない」

「あくまで、島津継豊や久留島光通の命《めい》に従うのですか。どうして私たちを匿った柳生さまと対決しなければならないのです」

「そなたらの知ったことではない」

安里が言えば、背後の男たちがうなずく。

「おまえたちは、王家を護る結社であろう。いつから久留島らと同じ心になってしまったのか。そなたは、売国奴《ばいこくど》にもなってしまったか」

「黙れ、愛梨！」

安里が一喝《いっかつ》し、一同がいっせいに低い体勢で身構えた。

「どいてくだされ、愛梨どの」

俊平と惣右衛門が、男たちをにらみ身構えた。

「昌玄、やめるのです」

愛梨が叫んだ。

昌玄が、次いで残った六人が、前に踏み出した。

「退ってくだされ、愛梨どの。もはや、勝負は避けられぬ」

「いいえ、この人たちは私たちの同国人、私たちを助けてくださったお方に襲いかかるのを黙って見ていることはできません」

「ええい、どけ、愛梨」

安里がもう一度言った。

「目覚めよ。昌玄、そなたは、いつからそのようになったのです。薩摩は、そなたらの敵なのですよ」

「目を覚ますのです、安里」

砂輝が愛梨を追って叫ぶ。

「あんた方は、私たちの敵なのですか」

波那がつづけて言った。

「みな、どいておれ」

昌玄が、落ち着いた口調で言った。

「愛梨、そなたの言うことはわかった。だが、おれは、こいつと勝負がしたいのだ。

日本の武士と知って、あえて挑んでみたい」

「日本の武士――?」

「そうだ。私は日本の武士が憎い。私の目には薩摩の者も、他の藩の者も同じに見える。二本の刀を差し、我らに命令する。そういう奴らは許せぬのだ」

「だが、私はそなたらの敵ではない」

俊平が言った。

「わかっている。だが、私の情が、おまえたちを憎む」

「わかった。島津の命《めい》に服するわけではないのだな」

「そうだ」

「ならば、相手をしよう。私を島津と思って斬りかかってこい」

言い放つや、俊平は五間《けん》の間合いをとって昌玄と対峙《たいじ》した。

「されば、得物はなんにする」

俊平が問いかけた。

「剣だ」

昌玄は、刀袋から両刃の直刀を取り出した。

「よかろう」

俊平が柄頭を押さえて鐺をあげ、大刀を腰間からわずかに引き出した。

やや低く体勢を取り、静かに抜刀する。

それを中段に取った。

昌玄の構えは直刀を八相《はっそう》に構えている。

自然に構え、不動で、自信に満ちている。

昌玄は、町を歩くかのようなさりげない足どりで、すっと前に出る。さらに三間、二間と間合いを詰めてくると、するすると近づいて一瞬のうちに俊平に撃ちかかった。

その剣をハシと受け、俊平はすぐに飛び退く。

次の一撃が、どこに向かうか読めなかった。

日本の剣法とはちがい、気合らしい気合もなく、なんのためらいもなく攻めてくる。

それだけに、予測がまったくつかない。

俊平は後退して五間の間合いを取り、静かに立ち止まった。

街道を渡る冬の風が冷たい。

昼から晴天に白い月がのぼっている。

淡い海の光がまばゆく、遠く房総《ぼうそう》の低い山並みがうかがえた。

時ならぬ闘いに、街道を往く旅人が足を止め、固唾《かたず》を呑んでようすを見守っているのがわかった。

静かに呼吸をととのえれば、俊平の心にわずかに余裕が生まれた。

勝手がちがうのは、先方とて同じであろう。

日本の流派は多い。予想もつかない剣を繰り出すものもある。そうした流派のなかで揉《も》まれ勝ち残ってきた柳生新陰流の剣法は、この国では屈指のものであると俊平は自負している。

異国の剣法とて、たやすく破られるものではないのだ。

俊平は、自分に言いきかせた。

ふたたび、胸中に自信が甦《よみがえ》ってきた。

相手は退った。俊平の冷静さが気になるらしい。

さらに俊平はまっすぐに前に出た。

間合いは見る間に詰まって三間になった時、相手は剣を上空で一閃《いっせん》させた。

そのままクルクルと廻しながら自然な足どりで前に出ると、撃ち込んできた。

このたびは、剣を旋回させながらの連打である。

俊平は剣で弾きかえし、体を旋回させてすべて躱し、反撃に転じた。

斜め上段の打ち込みを、相手はかろうじて躱す。
今度は相手の足が伸びてくる。
俊平は同じ足でそれを受けた。
すかさず、昌玄の蹴りが頭部に伸びてくる。
それを、俊平は身を屈めて避け、相手の内懐に飛び込んで峰打ちで胴を抜いたが、
昌玄は動じない。
鎖帷子《くさりかたびら》に身を固めていた。
昌玄はにやりと笑んで剣を投げ捨て、今度は猛然と俊平に挑みかかってきた。
俊平も、剣を投げ捨て、素手で応じる。
昌玄の体が、ふわりと投げ飛ばされた。
俊平の柳生流の体術が、みごとに相手を圧倒していた。
昌玄が、むくと起き上がる。
「もう、じゅうぶんです」
愛梨が、昌玄に向かって叫んだ。
昌玄がうなだれた。
「あなたは、負けています」

昌玄は何も言わない。

俊平が、昌玄にゆっくりと近づいていった。

「負けたよ――」

昌玄がぼそりと言った。

「なに、勝ち負けは時の運だ。それより、昌玄、必ず勝たねばならぬ相手は薩摩藩だろう」

「そうです」

愛梨がうなずく。

「でも、なかなか達成できない」

昌玄が言う。

「琉球は、焦らぬことだ。薩摩はだまし、裏をかく。時はかかろうが、独立を必ずやり遂げるのだ」

「わかったよ」

昌玄が、にやりと笑って俊平の手を握った。

「私たちは、薩摩の言いなりにはならぬ。従う振りをして闘おう。厳しい時はしばらくつづこうが、決して負けはせぬ」

「それでこそ、琉球の闘士だ。私も陰ながら応援する」

俊平が昌玄の手を握った。

「それでは、柳生殿」

昌玄がそう言って仲間を振りかえり、手を上げて合図を送ると、男たちが俊平に向かって笑いかけた。

俊平も愛梨も、涙ぐんでいる。

「みなの無事を祈っている。これからは、あの連中がそなたを護ってくれよう」

俊平が、愛梨の腕をとって言った。

「大丈夫。私たちは私は負けません」

愛梨が言った。

「早瀬源次郎」

俊平は、付いてきた無口な若党に言った。

「この二人を無事、大和柳生の庄まで届けておくれ」

「お任せください。命に代えましても」

源次郎が砂輝と波那を見かえして言った。

「大した意気込みだ。これなら大丈夫だ」

俊平は源次郎の肩をたたいた。

「愛梨、もはや切りがない。この辺りで三人と別れることにしよう」

「心残りですが、そういたしましょう」

俊平と愛梨は、三人を送って立ち止まった。

三人が、手を振ってゆっくりと上り坂の道を往く。俊平と愛梨は、その後ろ姿をいつまでも眩《まぶ》しそうに見送っていた。

四

「やっぱり、煙管はこうでなくちゃあね」

大御所二代目市川団十郎は、久しぶりにお局館に集まった馴染みの者らを前にして、派手な仕種で金煙管をくわえ、大見栄《おおみえ》を切ってみせた。

わっと、女たちの歓声があがる。

琉球の踊り子砂輝と波那を無事大和柳生の庄に送り出してから十日ほど後のこと、

「やっぱり、みなのところに戻ることにしました」

という雪乃を送って、お局館に赴《おもむ》いた俊平は、

――ちょっと動きすぎて腰を痛めたよ。

という大御所と出会い、金談議の話に花を咲かせはじめ、

「それにしても大御所、腰のほうは大丈夫かい」

「ああ、まあ、なんとか騙《だま》し騙し保《も》たせているが、歳のせいもあるかもね」

「そんな歳でもあるまいに」

俊平は大御所を見かえして笑った。

「別段、お局館で腰痛が治るわけじゃねえんだが、ここに来りゃ、なんとなく気持ちもすっきりする」

というわけで、大御所はこのところよくお局館を訪れる。

三度、三度、この館で伊茶のびわ葉による温熱治療を施され、体が癒《いや》された記憶が頭に残っているからだろう。といって今日は伊茶の姿があるわけではない。

「いや、いいねえ。もうだいぶ楽になった」

大御所にとって、腰痛はかなり気分の問題らしい。

綾乃がさっそく大御所のために金の盃を用意してくる。

その盃になみなみと酒を注いでもらい一気にぐいと飲み干した。

あいかわらずの飲みっぷりである。

「ところでこのところ、たしかに両替商の話では旧貨の小判を見かけなくなってきたそうでござりますよ」

大御所に付いてきた百蔵が、俊平に話しかけた。俊平が、この一件で上様から調査を命じられていることが、一座でも一時話題になったらしい。

「それは、ちと淋しいな。小判はやっぱり山吹色でなくちゃねえ」

大御所が、大袈裟に嘆いてみせた。

「そうか。だが、なんだかんだと言っても、新旧の交換はすすんでいるようだな」

俊平が、惣右衛門と顔を見あわせた。

「ところで、雪乃さん。もう本所の別宅にはもどらないのかい」

煙管をくゆらす団十郎が、元気よさそうに笑っている雪乃に声をかけた。

「もどりませんよ。誰があんなところに」

雪乃が、思い出して怒った。

「ほう。金座の大親分も嫌われたものだな。で、今日までは、柳生先生の屋敷に？」

「はい。柳生さまにはよくしていただいて、居心地がとてもよかったので、ずっといたくなってしまいました。でもそれじゃ、みなさんから遠のくばかりだし、あたしのお弟子さんにもご迷惑をかけてしまいます」

「ほう。やはり、お弟子さんは忘れられないものだね」

「そうなんです。気づかないうちに、すっかり茶と花の師匠が板についてしまいました」

雪乃が、どこか寂しそうな笑顔を浮かべた。嫁入りしたい願望も、まだ心のどこかに残っているらしい。

「いいじゃないか。男なんて、まだそこいらじゅうにいる。きっといい男が現れるよ。身を固める時がきたら、自然にそうなるもんさ」

大御所が、雪乃の心の内を察して言った。

「そう言っていただけると、なんだか自信が湧いてきます」

雪乃が、力強く言ってうなずいた。

「でも、雪乃さんがここにもどって来て、大丈夫なんでしょうかねえ」

百蔵の隣で、女形の玉十郎がぼそりと言った。

「えっ、そりゃ大丈夫だよ。後藤庄三郎は貨幣の改鋳に専念すべしと、上様からきつく言い渡された。だから、いやがる雪乃にまた手を出すことはできぬはずだ」

俊平が自信をもってそう言うと、雪乃もうなずいた。

「それを聞いて、安心しましたよ」

玉十郎が、胸を撫で下ろした。

「ところで、愛梨さんなんですがね」

玉十郎が、いまひとつ気になることを俊平に問いかけた。

「愛梨さんのゆく末は心配かね、玉十郎」

「そりゃあ」

玉十郎が、ふと顔を紅らめた。

「玉十郎は、愛梨どのの贔屓だからね」

「そういうわけじゃ」

「いや、愛梨どのを救う手立てがないわけではないよ」

俊平は、ちょっともったいぶった口ぶりで言ってから、ふふと含み笑った。

「どうするのです。柳生先生」

大御所が身を乗り出した。

「簡単なことだ。玉十郎がもらってやればよいのだ」

「もらう？」

「嫁にだよ」

「ええっ、ご冗談でしょう」

玉十郎がまたひどく顔を紅らめ、口を尖らせた。

「そりゃいい。さすがに人妻となれば、島津さまもちょっかいは出しづらかろうね」

大御所が、面白いことを言うと俊平を見かえすと、

「それはまァ、そうでしょうが。でも、それは無理な話でございますよ。あっしのことなど、愛梨さんは、鼻もひっかけねえのは、お顔を見てりゃわかります」

「だが、そこを惚れた一念で口説《くど》き落とすのだ。玉十郎の熱意があれば、愛梨どのの心が動かぬでもないぞ」

俊平が、なおも玉十郎をからかって言う。

「そんなこと、無理ってもんですよ。それにあの人は、琉球の王族の出だ。あっしなんぞとは、身分がちがいます。陰ながら、見守ってあげられれば、もうあっしは本望なんで」

「殊勝《しゅしょう》なことを言う奴だ、おめえって奴は」

大御所が、玉十郎の肩をたたき感心して唸った。

館の入り口付近が賑やかになって、人が訪ねてくる。

一万石大名の立花貫長と一柳頼邦である。

「上がれ、上がれ」

俊平が大声で呼びかけた。

綾乃と吉野が揃って出迎えに行く。

「それは、そうと……」

金勘定を受け持つ百蔵が、また茶請けの饅頭《まんじゅう》を食べながら言う。

「あの悪党ども、どうなるんでしょうねえ。幕府のご処分は、もう無しってことなんでしょうが、あっしは悔しくて仕方がねえんで」

「後藤庄三郎は、こたびの貨幣改鋳をやり遂げられるかどうかで、首の皮が繋がるかどうかが判明しような。きっちりとやり遂げられれば、上様も厳しくは問い詰められまい」

「なんとも小癪な奴で」

大御所も、悔しそうに膝をたたく。

「だが、幕府の目もますます厳しくなっている。後藤庄三郎もこれまでのように好きかってにはできまい」

女たちも、俊平の意見に納得し、ふむふむとうなずいた。

「久留島は、微妙なところでしょう」

綾乃が、茶を持つ手を休めて言った。

「そうであろう。あれほどの小大名、いつ潰《つぶ》されても仕方ないが、上様にも温情がある。それに数百の藩士が禄を得て暮らしている。御家取りつぶしともなれば、その者らが路頭に迷う。家臣はほとんどが横暴な主に従っているだけなのだからな」

「そういえばそうなんでしょうけどね」

玉十郎がうなずいた。

「それと、幕府も薩摩藩への配慮があろう。久留島めは、島津殿に格別可愛がられておる。久留島を処分すれば、薩摩は硬化しようからな」

「くそ忌《い》ま忌《い》ましい薩摩藩で」

玉十郎が言った。

「その薩摩ですが」

「抜け荷をやっておきながら、ご処分はいっさい無しで」

「そこだよ。薩摩は手ごわい。七十七万石の大藩だ。いざ戦《いく》さとなれば、国をあげて大戦となろう。国じゅうに大動員が駆けられ、多くの兵が海をゆくことになる。戦国の世の豊臣秀吉の九州征伐《せいばつ》の再来だ。むろん、相手も必死で抵抗しよう。あるいは、南に逃れ、琉球に本陣を敷くやもしれぬぞ」

「そいつはすごい戦さになるな」

大御所もさすがに唸った。

「そうなれば、大海の戦いだ。船戦さは技の勝負だ。簡単にはいかぬ」

「まるで、歌舞伎のようなどでかい話になってまいりましたな」

大御所が面白そうに煙管をくゆらせはじめた。

「上様も、そこまでやる踏ん切りは容易にはつくまい」

「悔しうございますね。このままようすを見ておくのかい」

大御所がつまらなそうに言った。

「だが、薩摩もこたびは痛手を負った。幕府の目が光りはじめた。これより後は、たやすく抜け荷はできまいよ」

「つまり、幕府と薩摩は痛み分けってことですかい」

「そうだな。まあ、相討《あいう》ちだ」

「へえ」

「そういえば、海の闘いだ。簡単ではないか」

「その相討ちの試合で、幕府側の助っ人役を演じたのが柳生俊平先生だ。大したものだよ」

遅れてやってきた立花貫長が一柳頼邦と顔を見あわせて言う。

「やあ、それほどでもない」

「でも、柳生先生は活躍されたぶん、恨《うら》みも買われたな」

一柳頼邦が言う。

大御所が腰をさすりながらうなずいた。

「これより後、悪党どもがだいぶしつこく迫ってくるんじゃありませんかい」

「そうなるかもしれぬな。だが、それもいたしかたない」

俊平は、どこか飄々《ひょうひょう》とした口ぶりで言った。

悩んだところで仕方がないと、あきらめている。

「ところで柳生殿、薩摩がどのような仕掛けで森藩を使い抜け荷で儲けていたのか、わからずじまいというのが、ちと残念じゃ」

立花貫長が膝をたたいて悔しがった。

「いや、そうでもないのだ」

「どういうことだ」

一柳頼邦が訝しげな表情で俊平を見かえした。

「じつはな、玄蔵が相模屋の別の番頭に酒を飲ませて聞き出した話なのだが……」

「うむ」

貫長が俊平に額を寄せた。

薩摩藩は森藩の船を使って抜け荷を外洋まで運び出し、薩摩藩の船に積みかえて、その荷を清国などに売りさばいていたらしい」

「ううむ。小癪なことをする。だが幕府はそこまで摑んでいながら、お咎めなしか」

貫長が唸るように言った。

「上様もお辛《つら》いところであろう。だが、次はおそらく許されぬはずだ」

「みなさん、そろそろ宴の準備ができましたよ」

「そうか、遅れてきたが、間に合ったの」

立花貫長が嬉々として喜んだ。

「でも、綾乃お姉様、宴はちょっと、大袈裟ではありませんか」

吉野が、笑って綾乃を見かえした。

「いいえ、雪乃さんがふたたび私たちの仲間に復帰してくださったのですから、しっかりお祝いしなくちゃ。雪乃さん、これからも決して私たちと別れることなく、愉しみながらやっていきましょうね」

綾乃が言えば、女たちはわっと喝采する。

「それじゃ、雪乃さんの復帰を祝って、おおいに飲みましょう」

玉十郎が、はしゃいだ口ぶりで言った。

「大御所、祝辞を頼みますよ」

俊平が言った。

「ようがす。それじゃあ、まいりますよ」

「雪乃、これからもよろしくな」

館の男たちや女たちが、いっせいに杯を上げ、お局館はいちだんと賑わいをみせる。

「こたびはとんだ騒動だったが、我らが生きていくうえで大切なものがなんであるのかわかったような気がする。収穫だな」

俊平が、一同を見まわして言った。

「それって何だね」

立花貫長が俊平に訊ねた。

「つまりね。大切なのは人と人の結びつきだ。決して黄金じゃないということさ」

俊平がきっぱりとそう言えば、

「ほんとうに、黄金なんかじゃありません。人と人の温かい結びつきが一番です」

女たちが、揃ってうなずく。

「今日は、黄金の器ではない普通の焼きものでいただきますが、みなさんよろしいですか」

　綾乃が一同に確認して奥に消えると、やがて盛大な酒と肴の数々を盆に載せてもどってきた。

「みな、よい仲間だ。いつまでも、こう願いたいね」

　俊平が言えば、

「あたしたちこそ、今後とも、どうぞ宜《よろ》しくお願いいたします」

　女たちが声を合わせて、列席する男たちに声をかけると、男たちが、

「ああ、こっちこそ」

　と力強く応じた。


　それから三日ほどして、俊平のもとに帰国するという愛梨がひょっこり訪ねてきた。その前に中村座に連れていって欲しいという。

　愛梨は、日本の芝居に興味を抱きつづけており、もう一度見て帰りたいと言うのである。

　されば、と連れ立って中村座に向かえば、公演は終わったばかりで、三階の座主の大部屋には大勢の若手役者が押しかけて、ごったがえしていた。

「おや、柳生先生、愛梨さんも」

鬘《かつら》を取ったばかりの団十郎が、まだ隈《くま》取《ど》りも落とさぬまま二人を迎えた。

「女人禁制ということだが、なんなら舞台にまわろうか」

俊平が気を利かせて訊ねると、

「あ、いいんですよ。特例、特例」

団十郎が、手を振って否定する。

愛梨はめずらしそうに、団十郎の隈取りを見つめた。

「はは、愛梨さんにそんなに見つめられたら、こちとら困っちまうよ」

団十郎が笑って手を振った。

「今日はね、大御所。じつは土産を持ってきたのだ」

俊平が紫色の風呂敷包みを差し出した。

「へえ、土産を？」

「じつはね。これは愛梨さんから貰ったものなのだが、私にはあまり似合わないのでね。大御所にもらってもらおうと思った」

俊平が、愛梨に確認すると、愛梨も笑ってうなずく。

「それに、上様からいただいたものがもうひとつある。私のところはそれでじゅうぶんなのだよ」

「で、いったい物はなんで」

お調子者の百蔵が、横から割り込んできた。

「瓢箪だよ。太閤の瓢箪」

「あ、あの純金の……」

大御所が驚いたように口を開けた。

「そうさ。後藤家でこさえた物だ。だが、後藤家が知らぬというので、宙に浮いてしまっている」

「驚いたねえ」

そう言って、大御所は風呂敷包みを手に取り解けば、丸々と肥えた黄金の瓢箪が飛び出してきた。

——なんとも、開いた口がふさがらない。

といった態《てい》で、大御所団十郎も瓢箪に見入っている。

若手役者も集まってきて、三人の周囲を取りまいた。

玉十郎、宮崎翁も、なんだなんだと寄ってくる。

「これを土産に、ほんとうにいいんですか」

大御所が驚いて俊平と愛梨に問いかえした。

「千両役者の大御所のところに置いてもらってこそ、この黄金の瓢箪は輝くというものだよ。とてもじゃないが、私の柄《がら》じゃない。こうした物は、いわば縁起物さ。きっとこの黄金のご利益で、大御所の人気もさらに上がるよ」

「だけどねえ……」

大御所は、困ったように俊平を見かえした。

「島津様が見たら、どうするでしょうね。それに後藤様が見たら」

「なに、後藤様は作っていないそうだし、もし見られたら、上様からいただいたものだと言えばいい」

「そりゃ、まあ」

「なに、私などが持てば黄金も錆《さ》びてしまいそうだよ。黄金が錆びるなんてことはないか」

「そんな」

大御所は困ったように言うが、顔はどこか喜んでいる。

「頂戴《ちょうだい》しておけばいいんですよ。座長」

宮崎翁が言った。

「江戸じゅう探しても、あんたほど黄金の似合う人はいない」

「じゃあ、代金は払わしていただきますよ」

「払えるんですかい」

　玉十郎が言う。

「いや、いいんだ。代金など初めからない。貰い物なんだからね」

「それは、いけませんや」

「なに、こっちこそ、ふさわしい人に持ってもらいたいのだ。記念に日本を代表する舞台の人にもらってもらいたいのさ。それよりね、大御所」

「なんです」

「愛梨さんが国に帰るんだ」

　俊平が、名残惜しそうに大御所に告げた。

「そりゃあ、悲しいことだ。なあ、玉十郎」

　大御所が玉十郎の腕をとって愛梨の前に引き出せば、愛梨がくすりと笑った。

「玉十郎さん、残念だけどお別れです。でも、またいつかきっとお会いしましょう」

　愛梨が玉十郎の手を取った。

「でも、大丈夫なんですか、島津の殿様がしつこく言い寄るって聞いておりますが」

大御所が、愛梨の身を案じて率直に訊ねた。

「上様が釘を刺してくださったということですから、きっと大丈夫だと思います。いざとなったら、柳生さまが助けてくださいます」

愛梨が、俊平を見かえして言った。

「そうですかい。だが、じつに残念だ。でもいつか、またこの国を訪ねてくれるでしょうね。」

「たびたび手紙をしたためます。大和柳生の庄にはまだ二人の踊り子が残っています」

「でも、手紙を書くなんてできるんでしょうか」

玉十郎が心配して言った。

「さあ、薩摩が許してくれるか、私にもわかりませんが……」

「それはそうと、愛梨さん、ほんとうにあっしがいただいていいんで」

大御所が念を押した。

「もちろんです。日本の歌舞伎の第一人者に使っていただければ作った職人たちも喜ぶでしょう」

「なにかお礼をしたいんだが……」

「お礼だなんて、そんなこと考えてもいませんでした」

大御所はしばらく考えてから、

「ようし。琉球の華が金細工なら、私たちの日本の華は歌舞伎だ。あっしがその歌舞伎のとっておきを愛梨さんに演じてみせましょう。柳生先生もぜひ見てください」

役者の間から、わっと喝采《かっさい》が起こった。

「え、ほんとうかい。だが、どうやって」

俊平が、茫然と大御所を見かえした。

「みなも、栈敷《さじき》席に移った移った。団十郎が、この黄金の瓢簞にふさわしい一世一代の名演技を見せてやろう」

大御所が真剣な表情になって、急ぎ支度にとりかかった。

俊平と愛梨が栈敷席に向かえば、若手役者も揃って後についてくる。

「我らにも、芝居をやらせてください」

若手役者が言えば、

「よかろう、今日は特別だ。みなでやろう」

大御所の許しを得て若手役者がわっと騒ぐ。

半刻（一時間）の後、正面の幕が上がって、助六《すけろく》に扮《ふん》した大御所団十郎が、舞台に登場すると、愛梨と俊平が揃って喝采した。

江戸吉原《よしわら》の遊廓《ゆうかく》前。江戸一の色男助六の仇《あだ》討《う》ち話に、愛梨は引き込まれ、喜び涙した。

「これで私はもう思い残すことはありません」

そう言って、愛梨は団十郎と俊平に頭を下げた。

「日本に住みたくなったら、いつでも帰ってきなさいよ。みなで迎えてあげる」

大御所が力強く言って、愛梨の手を取った。

「ありがとう。いつかきっと帰ってきます」

愛梨が、涙を浮かべて誓った。


一座の者たちに別れを告げ、芝居小屋を出た俊平と愛梨は、人通りの激しい芝居小屋前の通りの途中で立ち止まった。

雑踏の向こうに男女の集団が、ずらり二人を待ち構えている。見れば、踊り子たちと伏龍党の男たちであった。

一同は駆け寄ってくると、俊平に深く一礼した。

「いったい、どうしたのだ」

「その……」

伏龍党の頭目安里昌玄はしばし言いよどんだが、

「じつは、国に帰る前に、あんたに謝りたくてね」

ぼそりと言った。

「そのようなことか。だが、何を謝るという」

「あんたに襲いかかり、傷を負わせた」

「なに。もう治ったよ。それより、勝手に町に出てよいのか。後藤庄三郎が怒ろう」

「なに、おれたちだって人間だ。外の空気だって、吸いたくなる」

そう言って、安里昌玄は背後の男女を振りかえった。

踊り子も、武闘団の男たちもうなずいている。

「みな、闘う気力がもどってきた。まだ薩摩にはかなわないが、これからもずっと闘いをつづけていくつもりだ」

「そうか。応援する」

俊平は、安里昌玄の手をしっかりと握りしめた。

「おれたちは、五日後に江戸を発って薩摩に向かう」

「そうか、帰るのか」

「じつは、私も一緒です」

愛梨が言った。

「そうか――」

俊平はちょっとうつむいて、愛梨を見かえした。

「お別れです」

みなが、いっせいに俊平に言った。

「砂輝と波那はいずれ帰す。時が来たらね」

「待っていると二人に伝えてください」

愛梨が言った。

「わかった。伝えておく」

「未練になります。ここでお別れします」

愛梨が言った。

「そうか。名残惜しいが、しかたない」

俊平と愛梨が、それぞれに手を取って、うなずき合った。

通りを往く芝居好きの町人がみな振りかえっていく。

みな、異邦の男女に微笑んでいく。

「さらばだ」

俊平が、踵《きびす》をかえした。

ちょっと感傷的になったが、俊平はまた歩きだした。

振りかえれば、琉球の一団が雑踏のなかに消えようとしていた。

時代小説
二見時代小説文庫

琉球《りゅうきゅう》の舞姫《まいひめ》 剣客大名《けんかくだいみょう》 柳生俊平《やぎゅうとしひら》 14

著者　麻倉《あさくら》一矢《かずや》

発行所　株式会社 二見書房
東京都千代田区神田三崎町二−一八−一一
電話 〇三−三五一五−二三一一［営業］
〇三−三五一五−二三一三［編集］
振替 〇〇一七〇−四−二六三九

印刷　株式会社 堀内印刷所
製本　株式会社 村上製本所

ISBN978−4−576−19209−3
https://www.futami.co.jp/

麻倉一矢

上様は用心棒 シリーズ

完結

①はみだし将軍
②浮かぶ城砦

おじじさまの天海大僧正、おおばさまの春日局、老中松平伊豆守を前にして、徳川三代将軍家光は「天下人たる余は世間を知らなすぎた。見聞を広めるべく江戸の町に出ることにした」と宣言。浅草花川戸の口入れ屋〈放駒〉の家に用心棒として居候することに。はてさて、家光とその脇役たち、いかなる展開に……。

麻倉一矢

剣客大名 柳生俊平 シリーズ

以下続刊

① 剣客大名 柳生俊平 将軍の影目付
② 赤鬚の乱
③ 海賊大名
④ 女弁慶
⑤ 象《ぞう》耳《みみ》公方
⑥ 御前試合
⑦ 将軍の秘姫《ひめ》
⑧ 抜け荷大名
⑨ 黄金の市
⑩ 御三卿の乱
⑪ 尾張の虎
⑫ 百万石の賭け
⑬ 陰富大名
⑭ 琉球の舞姫

徳川家御一門である久松松平家の越後高田藩主の十一男は、将軍家剣術指南役の柳生家一万石の第六代藩主となった。伊予小松藩主の一柳頼邦、筑後三池藩主の立花貫長と一万石大名の契りを結んだ柳生俊平は、八代将軍吉宗から影目付を命じられる。実在の大名の痛快な物語！